내가 나를 만날 때면

• 월더니스 시선집 111

내가 나를 만날 때면

●

오행순 시집

도서출판 **❘동인**

自序

오래 돌보지 않아 골마지 끼고 군내 나는 글도
말끔히 씻기고 옷을 입혀보니 예쁘다
복원 불가능한 추억처럼 실루엣만 보이던 글에게
눈 맞추고 온기 넣어주니 분명해지기 시작했다
내 손에서 떠난 글을 세상 밖으로 내놓는 건
어쩌면 남에게 민낯을 맡기는 부끄러운 일탈 같다
이제 품안의 자식 떠나보내듯 이름표를 달아 보낸다
해마다 입덧처럼 반복되던 글에 대한 갈증이
시집으로 조금은 풀릴 수 있을까?
그리움의 물꼬를 트는 마중물이 되리라 믿는다

'엄마의 절망도
아가에게 닿으면 희망이 되고
엄마의 아픔이
아가에게 전해지면 행복이 되고
엄마의 눈물이
아가에게 보이면 웃음이 된다'
<「아가야」 일부>

아들이 처음 머리를 깎은 모습 보며 쓴 글이다
하얀 면사포를 쓴 신부 은지와 신랑 용화의 첫걸음처럼
시의 여정에 첫걸음 내딛게 해주고
등불을 환하게 밝혀 동행해준
여러 분들께 감사를 드린다.

2016. 10 오행순

제3부 • 봄을 읽다

제4부 ● 그리움에 흔들리는

제5부 • 가을 동행

제6부 • 양재천의 아침도 슬픔에 타고 있다

| 서평 |

제1부
고향 소묘

멸치 쌈밥

보리가 누릇누릇 익어 가면
멸치도 바닷모래 틈에서 익어간다
고향 미조항의 단골 그림
서로 힘 맞추어 그물을 털면
멸치 쌈밥에 침을 삼킨다
좁은 바닷길에 진을 친 죽방렴에서
멸치 뜨는 모습을 보는 것도 이때다
지난 가을 말려둔 시래기와 마늘종을 깔고
갓 잡은 멸치를 자작자작 끓이며
상추에 멸치 올리고
한 볼때기 입에 넣으면 끝이다
멸치가 고소하고 달다
고향 바다에서 잡혀 더 달다
엄마의 손맛이 그리운
건강한 추억의 먹거리
추억에 기대어보고
바쁜 일상 속
마음의 허기를 채워주는
소박한 행복이다
추억만으로도
배가 부르다

고향 현실

늘 지나쳤던 고향 풍경은
따뜻하고 조용하다
마늘로 가득했던 들녘은
하루 이틀 사이 모내기로 채워지는
일당백의 풍경이다
이양기가 일손이 되지만
가장자리는 손수 심는다
좋은 마늘 값은 애타게 지은 위로인데
허리 굽은 부모님뿐이니 답이 없다
마늘 판 끝에 병만 남고 약값으로 나가는
가슴 철렁 내려앉는 현실이다
한나절 마늘 캐기하고
일주일을 끙끙대던 기억이 부끄럽다

학교 입학생들은 손꼽을 정도인데
노인대학 입학생들은 넘쳐나는
늙어가는 고향 현실
골목을 넘쳐나던 학생들의 발자국 소리와
아가들의 푸른 웃음이 그립다
아픈 고향 현실이지만
고향이 좋다
참 좋다

고향 야경을 보며

어둠 내리자마자 잠드는 고향엔
여린 불빛만 있다
아파트에서 본 야경은
도시의 야경과 다르지 않다
저 불빛 속의 모습이 궁금했다
보고픈 대상도 불빛 아래에 있다
정말 소중한 것은
눈에 잘 띄지 않듯
저 불빛 너머 어딘가
꿈길이 있다
고향 야경을 보며
어디에도 걸림 없는
바람 같은 시를 그려본다
풀숲에 자리한
아침 이슬 같은 시를 그려본다
아낄수록 빛나는 말 하나
가슴에 간직해본다
타오를 때는 몰랐다가
반쯤 타다 꺼진 후
느껴보는
마음속에 품었던
내밀한 언어들의 유혹처럼
고향 야경이 내게로 왔다
쉽게 잠들 수 없는 고향의 밤이다

엄마를 추억하며

사진 속에 추억으로 남은
엄마를 만났습니다
평생 손 끝 터지는 아픔을 삼킨
엄마의 환한 웃음이 있습니다
솜이불 속에 당신 몸으로 온기를 모아
추위에 떨고 오는 딸년을 위해
언 몸을 데워주고
공부하라고 다그치지도
회초리 한 번 든 적이 없었습니다
빛바래고 삶의 녹록한 흔적들이
주름 주름마다 새겨진 엄마를 보며
울컥하는 마음을 삭였습니다
엄마는 아버지 몫까지 사실 줄 알았는데
기대와 달리 긴 아픔을 찍고 떠났습니다
오로지 자식을 위해 살다 가신 엄마
어머니라고 한 번도 불러보질 못했습니다
지금도 어머니보다 엄마가 편합니다
접촉 불량의 기억 속에서
막내의 결혼이 마지막 숙제였는지
이제 죽어도 여한이 없다던 엄마는
단 하루 고향에서 모두를 눈 속에 담아두고
2월의 마지막 날 내리는 눈처럼 떠났지요
엄마의 온기는 찬바람 불면 그리운데

떠난 지 십 년이 넘었습니다
살아 계실 때 안부 전화도 자주 못 했고
투박하고 튼 손등과 손톱 밑에 흙이 박힌
엄마를 부끄럽게 여겼습니다
푸성귀 판 꼬깃꼬깃한 돈을 쥐여주며
새 책으로 사서
눈 밝을 때 책 많이 읽으라고 했습니다
모두 잠든 시간 백열전구 아래서
책을 읽던 엄마의 휘어진 등이 떠오릅니다
난 엄마에게 아무것도 해준 게 없는데
이제는 추억 속에 있을 뿐입니다
실컷 울고 싶은 오늘
입술을 깨물고 참아봅니다
그리워하고 추억하고 자꾸 뒤돌아보는 건
후회가 많아서입니다
그리움의 힘으로
서러움의 힘으로
추억의 힘으로 살아가며
세상에서 한 걸음 떨어져 바라볼 나이입니다
엄마를 만나러 고향 버스에
몸을 실어봅니다
보고 싶어요
엄마!
그리고 어머니!

아버지를 추억하며

꽃을 좋아하는 셋째 딸을 위해
담장 블록에 채송화를 심어
꽃을 세고 읽게 했다
밭 한 뙤기 없는 못 배운 소작농
가족을 위해 궂은일도 마다치 않았다
아들이 최고라 여겼던 시절
셋째 딸이 터 잘 팔았다며
어디든 딸의 손을 잡고 다녔다
아버지 상과 가족 밥상은 늘 따로
아버지 밥상에 놓인 생선을
힐끔거리는 딸에게 양보했고
쌀밥을 조금씩 남겼다
일이 끝나면 막걸리 한 사발에
막 딴 풋고추를 안주로 삼고
가장의 고단한 하루를 지웠다
필름 끊어질 정도로 술 마신 날
칠 남매 이름 부르며 앞에 앉히고
'오동추야 달이 밝아 오동동이야~~'
한 소절 부르기 무섭게 단방에 잠들고
새벽 4시면 시계처럼 일어나 논에 갔다
거지가 동냥 얻으러 오면
당신 밥상에 앉아 밥을 먹였고
길에서 자는 애들을 데리고 와

당신보다 먼저 밥을 챙겼다
아들에게 상처를 입힌 후배를 용서하고
선처를 호소하여 학교에 다니게 했다
한 달 후 첫눈 내리던 날에
이 세상 끈을 놓았다
자신보다 먼저 남을 배려했던 분
어릴 때부터 입버릇처럼 하신
인생은 60부터가 아닌 60까지라더니
회갑 지나자마자 돌아가셨다
아버지가 돌아가신 후부터
입 살이 보살이란 말을 믿으니
언제까지 살 거란 말은 내겐 금기다
오늘 선물 받은 '아버지' 노래 들으며
아버지를 추억해보았다
키다리 아버지 손 잡고 다니던
기억 생생한데
눈시울이 붉어진다
아버지!

유채꽃과 어머니

제주도에서 배달된 쑥으로
인절미를 만들었다
한 입 깨물 때마다
쑥 향이 입안 가득하다
봄이 퍼진다
몇 년째 누워 계신 어머니가
맛있게 드시니 가슴 뜨겁다
흰머리와 오랜 세월 움직이지 못해
가늘어진 다리를 보며
당신의 온기로
추위를 물리던 생각에 목 메인다
엄마의 눈빛에선 따뜻했던 마음을
읽을 수가 있다
봄날 눈과 마음에 가득했던
별 예뻐 보이지 않던
유채꽃 더미가 그립다
고향에서 흔한 이 꽃이 한창이다
화창한 봄날 엄마에게
유채꽃 끝없이 펼쳐진 사진으로
봄 구경시키고
웃음은 덤으로 챙기며
몇 자 적는다

뚝딱 차려낸 국수 한 사발

비바람 몰아치는 저녁
혼자면 저녁은 패스다
딸애는 따끈한 국수를 찾는데
냉장고를 털어 푹 끓이니
시원한 맛이 났다
얼렁뚱땅 만들기는 처음이다
비주얼은 포기한 국수 한 사발이지만
남편이랑 딸애가 국물 맛이 끝내준다며
엄지 척 한다
국수 끓여 먹어본 지 까마득하다
밀가루 알레르기 판정 후
가족을 위해 국수 한 사발
말아본 적이 없다
친정엄마가 자식이 먹고 싶다면
요술 부려 뚝딱 차려내듯
오늘 내가 엄마처럼 했다
시장이 반찬이라 맛있게 먹는다
다음엔 눈과 입이 즐겁게
한 상 근사하게 차려야지
딸애는 훗날 내가 그랬던 것처럼
엄마 맛을 기억하며 그리워할까?

고구마 빼때기

고향 동생이 보낸 호박 고구마 중에
가늘고 작은 것만 골라 삶은 고구마를
건조기에서 반나절 말린 후
햇볕에 말렸다
슬레이트 지붕에 널은 고구마가
마르기도 전에 골라 먹던
유년의 추억과 달리
어릴 때 맛은 없고
이빨에 엉겨 붙는다
추억으로 돌아가게 해주는
주전부리다
고구마 빼때기 주머니에 넣고
오물거려 먹으면
그만한 간식도 없었는데
요즘 애들은 거들떠보지도 않는다
옛 생각에 젖어 추억을 말린다
산에 가면 다들 같은 나이라 인기 짱인데
아침에 먹어보니 자꾸 손이 간다
추억을 먹고
그리움을 먹고
엄마의 정을 먹는다
돌아갈 추억은 더 이상 없다
여기까지다

죽방렴 앞에서

뭍과 뭍이 가까운 바닷길
물살의 속도는 빠르고
적당히 깊은 길목에
대발로 물길 위에 세워
순한 양심이 머물길 기다린다
물때를 맞춰 퍼 오면 된다
촘촘해질수록 멀어지니
적당히 성근 대발 사이로
빠져나갈 것은 보내고
고스란히 남은 것만
순전히 내 것인데
온통 잡어뿐이다

좁은 물길 사이 진을 친 죽방렴 앞에서
가슴에서 빠져나간 글들을 생각한다
감성이 여과되는
물때를 기다렸다가
남은 언어를 뜰채로 퍼내
욕심 없는 즐거움만 가지고 싶은데
씨가 말랐는지 걸려드는 게 없다
詩想이 없어 詩를 쓸 수가 없다
때를 기다리는 것만으로 부족한지
발품 팔아야 하나?

치매

식사 중
틀니가 빠졌다
유치를 뽑았다고
좋아하며
잇몸 훤히 보이고 웃는
접촉 불량의 어머니
밥은 뒷전
밖으로 나가
햇살 부드러운
하늘 보며
지붕으로 던지지만
바로 앞에 떨어진 걸
보지 못하고
시원해 한다
편한 잠옷 차림의 밝은 얼굴 위로
곱디고운 청춘이 물든다
사랑이 빠졌다
소중한 추억도 빠졌다
아무도 찾지 않는
추억의 곳간은 비어간다
가장 가까운 기억부터 삭제된다
아이가 두 번 된다

꿀빵

고향 떠난 후
30년 만에 맛본 꿀빵이다
통영의 명물답게
가는 곳마다 꿀빵 파는 곳이다
여중 3교시 땡 하면
정문 앞 가게에서
꿀빵을 몰래 먹던
추억으로 돌아가 맛보는데
혀가 기억하는 꿀맛은 아니다
오래 걸려 맛본 꿀빵
이 맛도 저 맛도 아니다
입맛에 있어 추억은 분별없다
맛은 그대로인데 입맛은 변했다
건망증 걸린 내 형편없는 미각
나만 그런가?
패스트푸드에 길들어진 딸년도
한 번 쳐다보곤 눈길도 안 준다
추억의 입맛과 내통한
열여덟 순정
불러내거나
달아나거나

채송화에게

보기만 하여도
추억이 피어난다
아버지의 이름에 자리한
행복한 꽃이다
많은 세월이 흘러도
한 번도 잊은 적 없다
비에 가녀린 온몸이 젖고
꽃잎 기운 차리지 못하면
세고 또 세던 희망의 꽃
한결같은 기다림은 쓸쓸하다
힘들고 지쳐 있을 때
물기 다 거둬버린 뙤약볕 아래
당당한 꽃을 보면
시선을 줄 수 없다
많은 날들이 지나
너와의 추억이 아련하지만
숱한 계절이 흘러도
끝낼 수 없는 벗이다
담장 위에 유년을 피웠던 꽃
하트를 달고 날리는
첫사랑 같은 꽃 채송화에게
아버지와 유년을 다시 읽어준다

숨고르기는 이제 그만!

불혹 후 시간은 알레그로처럼 흘러
봄날 끄트머리다
기별 없이 떠나는 봄날을 따르는
여름은 바쁘다
아침 운동을 시작으로
옷매무새 고치고 나를 추스른다
잠시 숨고르기 하니
휑한 서글픔이 몰려온다
6학년 때는 감히 중년을 알았을까?
초등 친구들은 허세나 치장보다
마음 가난했던 시절의 순수함이 좋다
누구 눈치 보고 잘 보일 일없다
일상의 번거로움에서 벗어나
단순할 수 있는 친구다
운동장에서 고무줄 끊고 땅따먹기하고
수업 시간에 선생님 눈길을 피해
짝꿍과 장난치며 깔깔거리던
고향의 좁다란 골목길을 힘차게 달리던
탱자나무 개구멍으로 내다빼던
옛날의 우리를 보고 싶다
아직도 숨고르기가 끝나지 않은 친구들
이쯤 나와서 추억 털어놓으며 동참하자
숨고르기는 이제 그만!

기대 속의 봄

김장 무렵 잎을 잘라 화분에 심은 대파가
구석에서 짱짱하게 꽃 대궁을 올리고
집안으로 들인 꽃나무들도 봄소식 내놓기 바쁘다
식물들은 어떤 환경에서도 자신의 일은
게을리하는 법이 없이 봄을 몸으로 알린다
사람은 따뜻함 속에 있어 추워지면 움츠러들지만
식물들은 추위 속에 맨몸으로 있어도
봄이 오는 소릴 듣고 봄을 내놓는다
슬그머니 귀까지 올린 스카프 내리고
올라오는 봄에게 인사하고 부끄러움을 지운다
겨우내 바람과 추위에 물기란 물기 다 빼고
바람 소리에 서걱거리는 갈대도
봄을 키우는 물밑 작업이 한참 진행 중이다
특별히 보고 싶고 알고 싶은 것도
뭣 하나 궁금한 것이 없다는 건
어쩜 누구보다 절실히 그립다는 반증이다
바람 잦아들면 갈대의 튼실한 아랫도리도 보고
연둣빛 물오른 든든한 나무들과 악수하고
둔치에서 햇살 받으며 꼬물꼬물 올라오는
야생화들의 솜털까지 꼼꼼히 챙겨야지
그냥 봄을 기대하는 것만으로 행복하다
싱싱한 대파를 보며 너무 앞선 기대를 하나보다
아무렴 어때?

봄꽃

고향에서 만난 봄꽃들
그윽한 향기 끝에 매화
안식의 하늘은 청아하고
매서운 바람도 걸림 없이
낮게 엎드린 채
경계의 계절에
먼저 꽃을 피우는 봄까치 꽃
양재천의 꽃보다 또랑또랑한 건
아마 봄 햇살의 편애다
별꽃도 마찬가지
움츠리기는커녕 야무지다
고개 숙이고 은밀하게 봐야 보인다
남몰래 눈 마주치는 일
혼자 안아보는 일
죄는 아니겠지
잠시 들꽃에게 건 수작은
별 탈 없겠지
아득하게 눈독 들인 만큼
이름도 알고
얼굴도 익히는
봄날의 찬란한 위로가 되리니

제2부

소소한 일상

소소한 일상

남편은 일주일에 한 번
수채화 교실에서
꽃을 그리고 꽃을 챙겨온다
맨드라미 한 가지
노란 국화 둘
이름 모를 보라색 꽃 다섯 가지
비어있던 작은 화분 안에
페트병을 넣고
꽃을 적당한 크기로 잘라
채우니 풍성해졌다
일주일 이상은 거뜬히 버티겠지
지난번 마트에서 산
포인세티아가
눈 내리는 창가에 있어
크리스마스 분위기가 난다
꽃을 만지고 있으면 행복하다
꽃뿐 아니라
꽃나무나 나무 등을 봐도 행복하다
소소한 일상 모두 감사할 따름이다
다음번 꽃은 뭘까?
기대를 하는 소소한 일상이
흐르는 오후이다

다림질

그림자 길게 늘어진 오후
빨랫줄에 널었던 옷을 걷어
다리미의 눈금까지 물을 채우고
옷을 반듯이 눕힌다

욕됨과 거짓을 입었을
삶의 지문 위에 물을 뿌린다
가장 뜨거운 입김으로 그대에게 가듯
옷의 속살까지 천천히 부비며 다린다
주름이 펴져 옷은 탱탱한데
갈 길 몰라 헤매는 못난 추억은
옷의 이면에 더욱 깊은 구김을 남긴다

어제처럼 예사롭던 이 일이
오늘은 견딤과 용서의 눌림으로
옷과 마음을 다렸고
겹겹이 구겨진 일상을 다렸다

사랑으로 다려도 구김 몇은 남는다
첫 단추를 채우며 정갈하게 옷을 입을
그대의 즐거운 어깨와 마주하며
백 마디 말보다
진한 포옹 같은 안부를 읽어본다

솎아내기

손바닥 크기의 다섯 평의 주말농장
주말이면 휴식에서 임대한 시간을 싣고
바람과 봄볕을 모자 삼아 눌러쓰고
지난 주 뿌린 씨앗의 소식을 검색한다
여린 씨앗들이 거친 흙을 견뎌낼 수 있을지
일주일을 가로지른 조바심은 한마디로 奇遇
씨앗은 땅속에서 은밀한 방법으로
봄비와 손잡아 세계를 뽑아 올렸는데

滿員謝禮

이미 새싹들은 地上을 본 순간
하늘 보려고 까치발 해본들
소용없음을 알고 스스로 버림을 배운다
불편한 인기척에 뽑히기를 지원하는
아름다워지기 위한 投身
손끝에 매달린 새싹들은 슬픈 내색이 없다
오히려 이런 양보가 들킨 게 부끄러워
숨 몰아쉬며 마지막 초록 여유를 즐긴다

너를 위해 내 한 몸 기꺼이 물러서는
살아남아 더 슬픈 이를 위한
비워내기의 美學

새치

무릎 베고 잠든 남편의 머리가 반짝거려
손보다 눈이 먼저 달려가고
눈길 모른 척 검은 무리에 들어간다
눈엣가시는 그냥 넘길 수 없어
손끝에 잔뜩 힘을 넣어 당겼는데
비웃기라도 하듯 손가락 사이로 빠져나와
옹골차게 버틴다
얼마나 튀고 싶으면 세상이 내 것인 양
정수리에서 독립만세를 부를까
물러설 수 없는 한 판 은빛 족집게로
땅따먹기하듯 골 지어 헤쳐 가니
저항 한 번 못하고 허연 뿌리째 나뒹군다
백기투항
한 때 잘나갔던 슬픈 이유를 남기며
바람에 몸을 맡기고
아쉬운 눈길이 머리에 꽂힌다
아직 머릿속에 깨어나지 않은
감히 捲土重來를 꿈꾸는 새치를 향해
레드카드를 보이는 내 앞에
딸년이 내 머리에 무임승차한
새치 하나 뽑아 들고
손을 내민다

포장마차

여름과 가을의 경계는
가슴 데우는 뜨거운 국물과
소주가 맛있게 잘 넘어갈 때다
사람이 보고 싶고 안부가 궁금하면
가을이다
잊은 듯 살다가 찬바람 부는 저녁에
불현듯 한 통의 전화와 함께 만나는 곳
포장마차에 앉아 오랜만에 친구와 함께
소주 한 잔 걸치며 팍팍해지는 일상을
달래고 풀어내는 가을밤
백열등 불빛이 제 힘을 발하고
잠시나마 삶의 물꼬가 되어주는
소시민의 편한 자리가 포장마차다
붉은 노을이 도시를 물들이고
포장마차에선 손님 맞을 준비에 분주한데
기다리는 손님은 올 기미가 없고
떠돌이 개만이 자릴 지키는
우울한 도시의 단면
포장마차를 밝히는
불빛이 아프고 시리다

放電

야무진 저 추위 속
언제 사랑을 위해
숨 가쁘게 내달렸는지
속살끼리의 깊은 접촉
반응이 없다
번개처럼 달려온 서비스
익숙한 손놀림으로
가슴을 열고 뜨거운 배터리와
밤새 식어 창백한 배터리를 연결한다
탯줄 같은 선이 꿈틀거리고
내색 없던 배터리
단숨에 온기가 돈다
엄마의 태반 같다
아주 잠깐 불혹을 넘긴 눈길이
자궁을 발길질하는 태아가 되고
그리운 엄마의 따뜻한 손길이
시동이 된다
헐거워진 세월에 발목 잡혀
동나버린 사랑
언제 어디서든 부르면
번개처럼 달려와
조이고 이어주는
애프터서비스 없나요?

계란 지단을 부치며

흰자와 노른자를 구분하는 것도 쉽지 않다
흰자는 거품 나지 않게 젓고
팬을 달군 후 불이 오락가락할 때
흰자부터 먼저 한 국자씩 팬에 두르고
가장자리가 뜨거움에 일어나면
재빨리 낚아채듯 뒤집는다
투명했던 흰자가 순백의 모습이 되는
불 조절과 뒤집기 한 판만 잘하면 된다
같은 동작을 반복하면 뭐든 못할까?
늘 글을 쓰고 다듬었으면
멋진 글이 나왔을 텐데
노력과 시간 투자에 비해 양이 별로다
보이는 건 다가 아니니
여러 나물들이 모여 한 끼의 시장기를 채울
비빔밥의 고명으로 빛나겠지
시간의 색이 모이고 비바람에 흔들려
제 빛깔과 목소리와 아름다움을 내듯
비빔밥도 든든한 채움이 되고
허기의 순례에 마침표를 찍겠지
삶은 한 판 뒤집기로 되는 게 아니다
적당히 휩쓸리고 서로 몸 섞인 후
비로소
한 그릇의 성찬이 되는 비빔밥처럼

폰을 보내며

나를 글 쓰게 한 전부가 너인데
눈에 순간 읽히는 걸 찍어낸 것도 너인데
한시라도 내 곁을 떠난 적 없는 너인데
하루를 깨우고 열었던 것도 너인데
사랑하고 사랑했던 또 다른 나인데
초콜릿 상자 같은 너인데
많은 사연과 비밀과 아픔을 함께한 너인데
아직 그대 눈빛 식지 않았는데
아직 내 손길 기다리고 있는데
뗄 수 없이 좋았던 우리 사이인데
어제 네가 품었던 모두를
새 폰에 옮겼으니
몸은 떠나도 새 친구 안에 너 있으니
슬퍼하지 말고 바이
푹 쉬어
4년 동안 수고했어
그대 애인 같은 친구여
부디
내 마음 읽어주길
잊지 않고 기억해줄게

돋보기

언젠가 친구가 그랬다
노안이 오면
화장대 거실 부엌 가방 욕실에
돋보기가 5개가 있어야 한다는데
믿지 않았다
2년 전부터 가까운 글씨가 뭉개져
매직의 라식수술 후
15년 만에 안경점 찾아
컴퓨터용과 독서용만 맞췄다
5개가 왜 필요한지 알았지만
두 개뿐이니 종일 머리띠처럼 꽂고 다녀
찾을 필요 없는 몸 일부가 되었다
폰만큼 가까이 두고 쓴다
눈도 늙어가고 몸도 늙어 가는가?
돋보기에 기대는 시간만 쌓인다
돋보기 없이 마음으로 느끼는
읽기가 없을까?
내 상념도 깊어진다
종일 혹사당하는 가엾은 눈
아니 가엾은 돋보기
쉬게 하는 건
오직 깊이 잠드는 시간이다
꿈속에서 눈 좋았던 시절을 現象해본다

오늘 처음으로

늘 익숙함은 낯설음을 앞선다
아무리 가깝고 쉬운 길이라도
한 번 몸과 마음에 배이면 습관처럼 된다
버스에서 매번 내리던 정류장을 지나쳐
지하철역 입구에서 가까운 곳에 내렸다
같은 역이지만 낯설었다
늘 맨 뒤편서 기다리다 오늘은 맨 앞쪽이다
갈아타야 하는데 얼마를 걸어야 하는지
머릿속 계산이 복잡해지는데
창에 붙은 안내도가 들어오고
환승하는 역 아래 숫자가 안긴다
환승 최단거리를 알려주는 숫자에 서니
누구에게 들킬까 봐 가슴 콩닥콩닥
전철을 타고 세 코스 지나 문이 열리고
발걸음 가볍게 환승 게이트에 카드를 대고
유유히 통과하니 바로 환승할 수 있다
들뜬 기분으로 목적지 도착해서 일행 만났다
오늘 처음으로 이용한 환승 최단숫자
알고 사용하는 만큼 내 것이 되어
발과 머리를 편하게 해준다
기분 좋은 하루를 시작했다
익숙함을 버린 낯설음도 행복이다

어떤 만남

홍유릉 재실에서 만난 고양이는
사람이 그리웠는지
눈을 마주치기 무섭게 내 앞에 앉아
온갖 포즈를 취하며 애교를 떤다
경계심이란 아예 없다
몸을 쓰다듬을수록 나에게 푹 안긴다
고양이를 만지는 건 생전 처음이다
강아지보다 사람을 더 따른다
재실을 관리하는 사람들이 키우는 걸까
아무도 없는 재실 문 앞에 누워있다
발걸음 옮기며 졸졸졸 따라나선다
처음 보는 나를 믿어주는 거겠지
믿음 하나로 행복해지는 시간이 흐른다
이곳을 떠나며 인연은 끝인데
되돌아가는 길 재실 앞 역사 품은 잣나무에
짧은 만남 기약 없는 헤어짐을 맡기고
이별에 익숙한 고양이는 나보다 먼저
저만치 앞서서 뒷모습 보이며
노송 우거진 숲으로 스며든다
짧은 시간 속의 믿음과 믿음으로 그린
살가운 순정 같은
풍경을 남겨두고

사랑할 게 너무 많다

꽃집에 파는 꽃들은
풀꽃처럼 정이 가질 않고
돌아서면 이름을 잊는다
풀꽃을 조금 아는 편인데도
알고 배울 게 너무 많다
누가 물어오면 바로
이름 말할 수 있는 꽃이다
풀꽃은 생각만 해도
저리고 아픈 꽃이라 좋다
작은 틈에 꽃을 피우는 풀꽃이
빗방울에 잘 견딜지 눈에 밟힌다
큰 비를 어찌 버티고 있을지
개미자리의 또랑또랑한 꽃을 둔 채
와버려 마음 아프다
눈길 받고 사랑받는 꽃보다
풀꽃에 마음이 간다
비는 더 굵어지고
바람은 거칠어지는데
종일 비를 맞고 쪽도 못 펴고 떨고 있을
풀꽃 생각에 발걸음이 빨라진다

사랑할 게 너무 많다

짝

어쩜 양말은 하나같이 뒤집힌 채 뒹굴까?
나의 잔소리와 함께 세탁기에 넣고
지들끼리 한데 섞이고 바짝 말려
각자의 양말 구분하고 짝을 짓는데
꼭 한두 개는 외톨이로 남는다
아무리 짝을 찾아도 없다
짝없는 것들의 외로움을 모아두는데
가끔 짝없는 양말들 속에
오호라 짝이 있다
보물 찾은 듯 당당하게 짝을 맞추고
힘껏 안아주듯 접어
주인에게 보낼 때 남모를 희열
양말 짝을 찾아본 사람만이 안다
모태솔로로 있는 딸년도
언젠가는 솔로끼리 있던 양말의 짝처럼
짠! 하고 짝이 나타나면
엄마도 뒷전이겠지
늦어도 좋으니
단짝 친구 말고 짝이랑 다니면 좋겠다

막 딸에게 전화가 왔다
단짝 친구랑 영화 보러 간다는
윤곽 없는 맥 빠지는 소리만 들린다

폰 케이스

폰을 바꾸며 거금 들여 케이스도 마련했다
3년 이상 사용하니 옆구리 터지고 낡아도
폰이 구형이 되어 그냥 쓰기로 했는데
김밥 옆구리 터지듯 한다
아들이 빨간색 케이스를 사왔다
예쁘고 맘에 들지만 새것은 내 것 같지 않다
케이스를 바꾸려니 맘이 허하다
내 물건 중에 가장 내 손을 많이 탔는데
좀 낡고 헤졌다고 바꾸니 미안하다
아직은 지난 케이스가 편하지만
새것을 쓰기로 했다
터지고 헤진 걸 쓴 기억이 없는데
얼마나 가까이 오래 사용했으면
가죽이 다 터지고 헤졌을까?
그만큼 내 생활 깊숙이 자리 잡은 폰이다
글로 남겨두는 게 작은 성의가 아닐까
내 몸 같았던 케이스야 안녕!
폰에서 나오는 전자파를
조금은 멀리해줬고
지갑 역할까지 담당했던
쉬지 못하고 고단한 비서 역할 고마웠다
이제 푹 쉬어

잠시 추억 여행 속으로

남편이 찾은 빛바랜 상자 속에는
가죽 재킷의 일기장과 사진 몇 장이 들어 있다
일기장의 우측 상단에는 적힌
'구십칠 유월 초하루 흐림 그리고 비, 남해'
꼬맹이들 데리고 고향에서 마늘 캐기 일손 보태며
약해지는 엄마를 읽는데 콧잔등이 시큰거린다

여행사에서 준 사진첩 속 사진이다
남편은 휴가받아 애들 보고 친구들과 떠난
첫 해외여행 사진을 20년 만에 본다
풋풋했던 30대 후반 아줌마들은
빨갛게 입술 그리고 갈매기 눈썹을 그렸다
뽑은 눈썹 보고 허락도 없이 뽑았다며
화내던 남편이 고스란히 담겨있다
예순 되면 여행 간다고 돈 모으기 바쁘다
초등 여고 대학 친구 모두
나이가 무슨 자랑이며 벼슬이라고
백세 시대에 예순 되면 여행 간다니
오늘에 만족하며 건강하게 최선을 다해야지

아~~ 옛날이여
일기와 사진 보며 잠시
엄마를 그려보고 젊음을 추억했다

책읽기 그리고 소유

요새 책 읽기에 재미를 붙이는데
읽었던 책도 다시 보니 새롭다
지난번 책은 절반 정도 읽었지만
이번 책도 틈나는 대로 읽어야겠다
시집도 있고
산문집도 있고
여행기도 있으니
아침에 일어나 남편에게 받은
책 선물이다
지난번 재미없는 책들보다
내 취향에 맞게 고른 흔적이 보인다
읽을 책은 늘어 가는데
머리에 과부하 걸리지 않을까?
가방 속에 시집 두 권과 교체하고
짬짬이 읽어야겠다
가진 것도 소유고
읽어 온전히 발효되어
내 속으로 스며드는 게
진정한 소유다
겉핥기식 소유가 많았다면
진정한 소유로 해야지
속으로 들어가 소화되면
힘이 되겠지

버리자

정리의 책을 읽으니
공감 백배다
설렘 없는 물건은 싹 버리는 게 기본
한 방 세게 맞았다
언젠가 읽고 사용하겠지
언젠가를 위해 남겨둔 책과 물건들
언젠가는 없으니 버리고
역할 끝나 방치된 것도 버리고
설렘보다 설렘이 없는
버리고 버릴 게 너무 많다
설렘을 주는 책과 물건을 찾자

사람 사이 늘 비울 수 없어 망설인다
가슴이 떨리는 것만 두고 버리자
버릴 양이 얼마일까?
뭘 버리면 자기부터 버리라던
감히 버리지 못하던 남편이 변했다
사람이든 물건이든 설렘으로 산다
매일 버리자!
가슴 가득 야적해 놓은 글들은 어쩌지?
나는 그대에게 설렘인지 묻고 싶다

언니의 봄

제주도에서 봄이 당일치기로
배달되었는데 단골은
쑥과 달래 그리고 고사리이다
또박또박 쓴 메모 한 줄과
머리채처럼 곱게 다듬어
크기에 따라 3봉지는
근처 사는 언니와 동생 몫이다
해마다 언니는 제주도의 봄을 보내온다
녹록잖은 형편에도 뭐든 챙겨 보내고
넉넉한 나는 언제나 받기만 한다
오늘 저녁은 달래 듬뿍 넣은
된장찌개 보글보글 끓여
식탁 위에 상큼한 봄을 올리고
한 달째 멀리했던 저녁을 먹으며
언니의 정을 느껴야지
무장해제 되어 살찌는 소리 들리더라도
봄의 깊이 헤아려보며
꼭꼭 씹고 풋풋한 봄날 만나야지
빠른 속도로 북상하는 꽃소식
오늘만이라도 천천히 즐기고 싶다
비행기 타고 배달된
언니의 애틋한 봄을

감사하다

해가 지고 햇빛이 남아 있을 때
집을 나서면서 감사했다
두 다리로 걸을 수 있어서
두 눈으로 볼 수 있어서
두 귀로 들을 수 있어서
두 코로 숨 쉴 수 있어서
행복은 별개 아닌데
작고 소소한 것에 감사하는 것부터
행복의 출발이다

어제와 오늘 아침이 다른 봄바람
저 봄바람에 꽃들도 필 시기를 저울질하겠지
아직은 추위가 있어 호젓하게 걸었다
나무들과 풀들과 물소리를 만나려면
지금보다 30분은 일찍 나서면
여유롭게 눈인사도 날리고
생활 속에 걸을 수 있어 좋다
날씨가 딱 받쳐주니 더 좋다
물오르는 나무들 보니
나도 물오르는 봄이 되고 싶다
생기 돌아 온기 넘치는 봄을 사랑한다
사랑할 수 있는 마음이 있어
감사하다

걷는 만큼

종일 비 내려 더위는 먼 얘기다
우산 쓰고 집을 나선다
한결 서늘해진 저녁
오늘도 어제처럼 걷는다
양재천의 텅 빈 길이
오늘따라 외롭다
늘 저녁 8시가 되면 사람들이 많은데
비 온다고 가끔 만날 뿐이다
오늘은 다른 날보다 천천히 걸었다
천천히 걷는 만큼 시간은 들겠지만
가을을 부르는 비와 바람
양재천의 물소리가 친근하게 안긴다
저 다리 위는 퇴근길 차량이 꼬리를 물고
걸음 속도보다 더 느리게 달린다
차를 탔더라면 결코 가질 수 없는
도심의 소소한 풍경을 맘껏 누리니
걷는 순간은 행복하다
걷는 만큼 건강도 얻는다
한 바퀴 돌고 나면
노곤해진 몸에 무거운 눈꺼풀
빗속을 걸었던 이 느낌
한 줄 글로 총총 곁들이며
하루를 접는다

오늘 나는

길을 걷다가
고개 돌리지 않아도
길 건너
풍경 하나 건진 건
뜻밖의 횡재다
앞만 보고 걸으면 볼 수 없다
가끔은 고개 돌려 주변을 보고
가끔은 하늘을 올려다보고
가끔은 물속을 내려다보면
읽을 것도
볼 것도
쓸 것도 많은데
이게 다인 듯 빨리 걷는다
사거리 신호등에 잡히면
거기서 거긴데
남들 그냥 지나쳐버리는
액자 속 그림 같은
풍경 하나 걸어두고
들키고 싶지 않은
욕심 하나
내려놓았다
길 잃고 헤매던
눈을 떴다
오늘 나는

수다

남편 출근하고 애들까지 다 나가면
전화기 들고 앉아 수다 삼매경
시댁과 자식과 남편 이야기는
한 상 잘 차린 안주가 된다
수다 삼매경에는 백지의 일상이 된다
지금의 수다는 말이 아닌 글이 날아다닌다
한 사람보다 단체가 많다 보니
시냇물 소리처럼 깊이 없이 겉돈다
들은 수다는 까먹는데 글로 읽은 수다는
그대로 남아 때론 치명적 아픔이 된다
수다가 부산하기만 할 뿐 스트레스는 쌓여간다
오늘도 실시간 전송되는 별 의미 없는 수다들
한눈판 사이 많이 차려진 수다지만 건질 게 없다
참 친절하게 여기까지 읽었다고 알려주는데
무시하고 넘기면 계속 불러댄다
방을 나가고 싶은데 퇴장했다고 동네방네 알리니
초대해준 사람 성의 봐서 숨죽이고 눈치만 본다
작심하고 내통하는 공간은 어디 없을까
카톡 소리 숨죽여도 봇물 터진 숫자는 그대로!
오지랖 끝없는 참을 수 없는 수다의 가벼움
유선 전화기를 넘나들던 따뜻한 수다가 그립다
"카톡 카톡 카톡~~"

이모티콘

쓰는 것이 다가 아니다
아이콘과 감정의 어울림이
글보다 더 벅차다
이제 은유는 빛바랜 욕망
터치 한 번으로
감정을 덧칠하고
울고 웃다가
힘을 내다가
때론 설렘에
얼굴 붉히기도 한다
그림 속의 또 다른 기호
성질 급한 이야기는
위험 수위 넘나들고
밑줄 그어 가며 찾던
복선은 어디에도 없이
바로 내민다
오로지
감정에만 몰입
조용한 것도 죄가 되는
기대 이상의 그 무엇!

하룻밤의 격정 같은

스마트폰

속도에 허덕이며 일탈을 꿈꾼다
어디든 둘러보아도
모두 고개를 숙이고 손바닥 안에 집중
스마트하지 못 하게 미쳐간다
스마트한 속임의 삼매경에 빠져있다
눈에 보이는 거 바로 찍어 날리니
비밀은 없고 마음먹으며 터는
무서움을 즐기고 있다
한 이불 속의 사람과는 친구 되길 거부한다
모르는 메시지가 오고
유혹의 손짓을 보내는데
손가락 까딱하기 싫다
사진을 찍어 바로 생각을 담을 수 있어 좋다
하루에 한 줄이라도 글을 쓸 수 있어 좋다
넋두리를 주절거리고 바로 볼 수 있어 좋다
이 가을비 내리는 밤에
한 줄의 글에 우울 재울 수 있어 좋다
스마트해지는 건 몰라도 이 물건이 내겐
휴식이 된다
적어도 오늘 같은 날엔

제3부

봄을 읽다

봄이다

집으로 가는 길
영동2교에서
잠시 숨 고르고
폰을 누른다
다리를 건널 때마다
매번 다른 느낌이다
물에 잠긴 나무그림자
소리 없이 봄에 젖고 있다
속울음이 불어 터지고
연둣빛 그리움이 피어오르면
너를 알 수 있을까?
너를 그릴 수 있을까?
물결 아래
잔잔한 情分이 일고
이내
허기가 몰려온다
두근두근
화폭 속에 잠긴
그대가 보고 싶다
미치도록

봄이다

봄을 기다리며

숨 가쁘게 배달된 봄소식을
드디어 읽었나 보다
물오른 가지 사이
봄바람 스칠 때
아무도 몰래 숨어들었구나
이 아침 은밀하게 내통하던
눈빛을 만났어
심장 소리 빨라진 봄기운은
속도를 더하고
여기저기
꽃망울이 터진 거야
긴 그리움도 함께 터진 거야
노랑 빨강 기쁨들이 봄 길을 내고
봄꽃들의 불장난이
무서운 속도로 번져
서로를 애태울 것인데
이 사실 아는지 모르는지
모두 만개한 봄을 기다리고 있네
희망처럼
딴 세상을 꿈꾸고 있네

봄날 채우기

또 하루가 떠난다
종일 뭘 했는지
손에 잡히는 게 없다
기다리는 봄이 느껴지는데
눈 감으면 생각난다는 거
미치도록 보고 싶다는 건
몇 번씩 고개 돌려
오던 길 뒤돌아보고
까치발로 두리번거리는 건
사랑하고 있다는 거다
햇살 안이 보이기 시작한
퍽이나 더디게 온 사랑이
거실 깊숙이 연인처럼
오후의 햇살과 길게 누워 있다
오래전부터 기다려온
그대 속에 자리한 마음임을 알리고
온기 그리운 집으로 가는 길이다
봄날의 따뜻한 휴식이다
기다림의 미학이다
삼월 하순
칸칸을 채우는
봄날의 모자이크다

싱숭생숭

봄이다
이젠
애타게 기다리지 않아도
어디쯤일까 헤매지 않아도
안을 수 있고
나만의 기호로 적을 수 있다
쪼그리고 앉아 눈 맞춰보는
순간에 낚아채는
운수 좋은 날의 취향
볼수록 빠져들고
숨 가쁘게
눈 안으로 뛰어드는 봄

스무 살의 첫사랑 때보다
더 떨린다
뜨겁다
부풀어지는 마음
끝없다
어딘지 알고 싶다

싱숭생숭

봄비 단상

봄비가 추억의 빗장을 연다
기억하니?
네가 나에게
내가 너에게
눈빛 마주하여 했던 말
무딘 세월 지났는데
아직도 유효한 거니?
유통기한 없는 거니?
곰삭아 새로운 맛이 나니?
네가 내게 했던 그 말을
살며시 꺼내보며 웃음 짓곤 해
지키고 싶었던 추억의 말
설렘 안기는 말이지
살다 보니 너에게 들었던
내가 너에게 했던 그 말
꺼내보긴 쉽지 않아
봄비 내리는 고향의 아침
빗방울 소리 들으며 너를 생각해
네가 있어 웃었던 그때처럼
달구어진 마음 위로 꽃비 내리던
마주 보고 있어도
보고 싶다던 그 말
빗방울에 잠시 흔들리네

아직까지는

봄비가 흩날리는 저녁이다
빗방울이 스치고 간
나무 끝에 꽃봉오리들이
한데 모여
비로소 꽃 사태 주의보
포맷되지 못하는 그리움이
한 걸음 먼저 나선다
인연이 되면
만날 거고
길목을 지키고 있어도
인연 아니면
어긋나겠지
사는 게 그런 거지
이골 난 기다림도
삶이고
빗소리에 흔들리는 것도
삶이다
스쳐 지났던 인연들도
삶의 일부고 추억이다
아직까지는

봄날 散調

더디게 온다고 애타하던 봄이
여기저기 봐달라고 아우성
눈치도 없이 와락 안기네
진달래 개나리 속에
파묻혀 보았네
봄꽃이
봄빛이
봄 향기가 섞여
한 몸이 되는 건 행복이네
봄날 오후의 호젓한 산책길
봄과 도란거리는 호사 끝나지 말았으면
겨우내 지쳤던 마음의 선물이네
지난여름 태풍이 휩쓸고 간
고단했던 추억의 허연 밑동은
먼저 간 나무들의 슬픈 배려이네
다른 건 용납하지 못해
다투어 군락을 이루고
햇빛 한 줄기에 목숨 걸듯
하늘로 오르던 나약한 꿈이 꺾이니
희망이 보이데
비로소
激情의 봄날이 피데

벚꽃엔딩

꽃향기 흩날리는 봄날
그냥 스치듯 자연스레
휘날리는 꽃비를 맞으며
마음을 읽어 본다
벚꽃 떨어지는 속도 사이로
봄날이 몸져누웠다
바람 불 때마다 밀리고 모여
저희들끼리 온기 나누지만
멋스럽게 즐기는 건 잠시다
막 피어남을 느끼기 전에
스러짐부터 봐버려 아프다
나직이 봄노래 불러도 꽃잎은 진다
빠른 속도로 달려가면
결코 보지 못하는 풍경 하나
봄날엔 거미도 꽃잎을 즐기나보다
거미줄에 눈 맞춘 꽃잎들
곡예를 하듯 꽃상여를 짓는다
멋있게 읊조리던 한량의 봄날도
터벅터벅 가고
향기는 오래 남아 말을 걸어온다
누구 없소!

혼자다

담쟁이

죽기 살기로 오르는
담쟁이에게 속도의 중독을 읽는다
새 소식 궁금한 날들이 무색하게
거친 벽을 뒤덮는 건 순간이다
우리가 가야 하는 길도 순간일까?
벽을 뒤돌아보지 않고 행진하는 담쟁이는
깊은 산속 소나무를 벗 삼아 오르는
촉촉한 기쁨을 그리워할까?
바람에 잎사귀가 뒤척이면
담쟁이 꽃의 눈동자가 반짝인다
꿈결처럼 희망이 모락모락
증발해버린 그리움이 보인다
시간 앞서면 저 잎들도 다음 생을 향해
푸른 하늘로 손을 놓고 귀가를 서두른다
더는 갈 수 없을 때까지 오르다 지치면
잠시 숨고르기
벽에 촘촘했던 작은 사랑도 말라간다
어설픈 상상력은 이 밤을 토닥토닥
졸음이 먼저 와 지키는데
앞으로 내달리는
글 아닌 글 한 줄 쓴다

미치도록 사랑할 일이 생겼다

봄꽃에 정신 내준 시간
꽃이 지고 잎으로 덮이면
꽃이 사무치게 그리울까?
봄꽃들이 순서도 잊은 채
들불처럼 피고
잎도 덩달아 가지를 덮는데
나무의 껍질을 보니
가슴이 멍했다
너무 꽃에만 환장하다니
줄기가 없다면 꽃도 잎도 없는데
나무들의 지문처럼
색과 무늬가 은근 화려하다
꽃이 지난 후 감전되듯 보인
자연이 만든 그들만의 무늬
나무를 감싸는 껍질은
고단했던 계절을 단단히 새기며
친근감 있게 다가왔다
헤어지고 나서야
암호를 풀듯 알아버린
껍질의 야무진 모습을 사랑해야겠다
미치도록 사랑할 일이 생겼다
가슴 뜨거워진다

국화 아래 버섯

나무 아래
국화보다 예쁜 버섯 무리
내리는 비에 제 세상 만난 듯
보란 듯이 치장을 하고 고개 들었다
비에 젖어 뚜렷해진 빛깔
만지지 말고 그냥 보라는 경고다
빛깔 아름다운 것들은
사람이나 식물이나 다 도도하다
손이 닿으면 본색을 드러낼 것 같아
그냥 바라만 본다
참 곱다
비 그치고
탈수된 하늘 아래선
맥도 못 추니 맘껏 예뻐해 주자
그저 바라보기만 하자
화단의 국화 아래
버섯 무리들 위태롭다

햇살 한 줄기
뜸 들이다
기지개를 켜는 오후다

탐매探梅 이후

보고 싶어
더는 참을 수 없어
꽃샘바람과 동행하여
그대에게 가는 길
잊은 듯 살다
봄이 한 걸음 다가오면
꽃샘바람 앞에서
야무진 향기 날리지만
언제까지 머무를 수 없음을
그대는 알아
사랑은 언제나 아픔 뒤에
빛나고 향기로운 걸
가슴 한편
눈치채지 못하게
이름 하나 들여놓고
담벼락 너머
기다림의 등불 밝혀두고

총총

보고 싶을 거야

꽃 멀미

겨우내 보고픔에 지쳐
달구어진 마음이
봄 밖으로 나와
바람과 뒤엉킨다

꽃들은 늘 피고 지는데
잠시도 못 참고
혼자 안달 나
투정부려도 허기는 여전하다

딱 그만큼이 좋았는데
욕심일까
애틋한 마음 사이
뚝뚝 떨어지는 봄
철부지 애인 하나 곁에 두고
꽃 멀미에 아찔하다
여전한 불씨는
도처에 숭숭하다

꼼짝 말고 가만있어
다른 곳에 맘 뺏기지 마
오로지
내게만!

그 많던 꽃들은 어디로 갔을까

꽃 사태로
꽃 멀미로
애태우던 봄날은 고작 며칠
그 많던 꽃들은 어디로 갔을까
빛나던 청춘도 한때듯이
그리움이 들불처럼 지나간 자리
제 몫을 다한 뒷모습은 말이 없다
지금 잎이 꽃보다 아름다울 때
잠시다
햇살 한 줌
잎을 스치는 바람 소리도
눈물겹다
눈 감아도 보이고
귀 막아도 들리는 건
어쩜 마음 한 편에
기대고 싶은 간절함 아닐까?
단 며칠이라도 잎에 기대어
놀고 있는 바람에게
기운 더해지는 햇볕에게
더도 말고 지금 이대로만
꽃보다 새잎!

그 많던 꽃들은 어디로 갔을까?

은행나무를 풀어내다

자연 속에는 사랑이 숨어있다
은행나무 수꽃은 떨어져 쌓이고
그리운 깊이만큼 잘린 암은행나무
이젠 짝 찾는 것도 서럽다

수나무가 쭉 뻗은 건
암나무에게 안기고 싶은 몸부림이고
암나무가 옆으로 퍼져 있는 건
수꽃을 받아들이는 사랑 방식이다
서로 바라보며 사랑 나누기에
떨어지기 싫어 꼭 붙은 두 개의 열매
온전히 즐기는 사랑은
안단테의 속도로 익어간다
오월의 햇살 아래
사랑을 더는 늦추지 말고
받은 만큼의 사랑을 보낸다

화사한 봄날 오후
은행나무를 풀어내니
속절없는 헤어짐 끝에
옹골찬 사랑만 달려
여전히 뜨겁고 탱탱하다

제4부
그리움에 흔들리는

그리움에 흔들리는

나이 탓인지
꼭두새벽에 눈을 뜬다
오월의 아침의 향기는
좋은 향수와도 비김이 안 된다
아카시아 향기는
비에 젖어있고
붉은 장미 향기는
푸르른 여름을 노래한다
엎드려 참회도 못 한 채
초파일을 보냈다
비 온 후 말간 하늘 아래
마음도 깨끗해졌기를
내심 기대하지만
용서받을 수 없는
그리움만 단단해진다
미행당할까 봐
종종걸음으로 도착
오랜만에 운동 시작
심호흡도 제대로 못 하고
바람이 일어나고
또 흔들리고
비워내면 채워지고
이내 그리움에 흔들리는

여전히

밤새 내리는 비
아침도 계속
겨우겨우
가슴 속 깊이 들여앉힌
그리움들이
빗소리에
하나둘 깨어난다
어제는
목소리 듣고 싶었지만
참고 참으며
이른 저녁잠을 청하고
애태우는 시간도 재웠는데
이제 그대에게
익숙할 때도 되었는데
여전히 주파수를 맞춰보지만
어긋나고 쉽게 갈 수 없어 아프다
오늘 종일 비 내린다는데
어쩌지?
만날 때까지 보고픔은
여전히
진행형

너도 나와 같은지

길 위에서 인사를 한다
뒤돌아보면 다 아름다웠는데
왜 눈시울이 붉혀지지
날이 갈수록 작별 인사는 늘고
꽃들로 피어났던 한때도 지나고
함께 못 하니 더 함께했던 순간이
그립고 그립다
하고 싶은 말들은
가슴에 다 모여 터질 것 같은데
뱉어내지 못하고 저 아래서
바람만 불어댄다
좋다
그저 좋다
이유 없이 좋다
그리고 멈출 수 없다
내 글 속에
내 노래 속에
내가 보는 풍경 속의
단골손님이 너인데

너도 나와 같은지

보고 싶다

두통

송두리째 뿌리 뽑힌
추억 하나가
몸부림치고 있다

망각이 있어
지낼 수 있었던
어제였는데
시리도록 아픈 그리움

춥다

다들 떠나고 없는 방
이불을 목까지 끌어올리고
덮을수록 추워지는
무거운 하루

끝없이 흔들리는 마음 밖
추억만 그대에게 가고
손 뻗어 찾는 두통 약 한 알

그리움도 소진
잠에게 몸을 맡긴다

회상

시간은 거꾸로 내달린다
잠마저 앗아버린 이름
아련하게 기억 가운데
배꽃이 눈처럼 쌓이고
영산홍처럼 만개했던 희망들
한 줄 글쓰기에 매달렸던
그날이 언제인가?
첫눈 내리던 이브의 기쁨
겁 없고 철없어 호기심에
까만 눈동자 굴리던 이십 대
굽 높은 구두를 신던
빛나던 청춘이었지
세상 참 무심하다
오십 줄도 끝나는데
문득 생각나는 그대 이름
마음보다 추억이 앞서는 봄날 오후
연둣빛 봄물은 집 안까지 들어오고
아득한 생각에 잠겨본다
잊어본 적 없어
한 줄의 시로 그대에게 읽히고 싶어

그래서 편히 놓아줄 수 있을까

오월의 첫날 아침

봄바람에 애태우던
4월은 떠나보내고
그대의 흔적을 느낀다
차츰
익숙해지는 풍경
깊어지는 눈빛
잔잔해지는 숨소리
그대 향한 그리움은
어디까지일까?
시선이 머무는 자리마다
그대로 가득
들리는 노래 속에
그대 음성 가득
차가운 기억들이 버린
익숙한 봄날
가벼워진 글을 읽는다
다 털어낸 마른 가지 위의
늦은 꽃 한 송이 같은
시를 생각한다

오월의 첫날 아침
그대는 어떨까?

오늘 같은 날

끝을 알 수 없는 허기를 채우듯
오늘도 바람입니다
발품 팔아 마련한 꽃들에게
하늘 보여줄 엄두가 나질 않습니다
허한 속내를 내보인 하늘
3월 하순에 대설주의보라니
땅에 닿자마자 사라지는 그런 눈보다
봄을 불러들일 달콤한 비였음 합니다
꽃샘추위를 마감하는 위로의 봄비
오늘 같은 날
내 몸뚱이와 상관없이
봄바람에 살랑살랑 흔들릴
블라우스 한 장 장만하고 싶습니다
봄물 들고 물올라 입어보고 싶습니다
안주하지 못하고 배회하는
식욕이 놀라 잠잠해질지
봄이라고 이름 달기엔 어설픈 날들이
빨리 지나가길 기다립니다
몇 번이고 창밖 하늘에
추파 던져보는 막막한 오후입니다

연꽃차를 읽다

반가운 얼굴을 그리며
달려간 거제
맑은 물소리 안기고
은은한 향기 깔리는 다실에서
귀한 차를 곁에 두고
웃음꽃이 못다 핀 백련을 깨운다
얼어붙은 어둠 뚫고
따뜻한 온기에
한 잎 한 잎 몸을 푼다
드디어
참았던 한숨 길게 쏟아내니
청순한 첫사랑 향기
돌층계 생애에 고인다
창밖 휘늘어진 수양매화
더는 차실 안 훔쳐볼 수 없어
얼굴 붉히던 그때
밤바다 위 떠오르던 달
아득해지는 달빛 길 열어두고
다실로 와서 연꽃 품에 잠긴다
한없이 멀어지던
빛바랜 그리움
또렷해진다

7월

한 해의 마침표를 찍으려면
아직 절반은 남았지만
무작정 내달리기만 하면
탈이 나니
쉬어가며 숨고르기 하라고
쉼표를 준다
삶의 쉼표가 없으면
마침표도 없다
쉼표의 공식은
각자 만들면 된다
집 떠나면 고생인 줄 알면서
매일 짐을 꾸릴 생각에 설렌다
주연도 조연도 없는
오롯이 나를 찾아가는
소박하고 느린 여행길에서
세상에 둘도 없는
다디단 휴식에 빠지고
웃자란 사랑도 다듬어보는
7월엔
마음속 풍경 하나 걸어두고
풍경소리에 갇히고 싶다
단 며칠이라도

바람이 분다

한낮의 더위에 된통 당해
오늘 밤 어떻게 보낼까
고민 중인데
눈치도 빨라
해 떨어지니
바람이 분다
비 마중하는
바람이 분다
몸이 먼저 기억하는
사랑 같은
바람이 분다
창문 다 열어 놓고
나란히 손잡고 누워
바람을 맞고 싶다
두근두근
마음의 촉감까지
뽑아내는 바람
잠시 놀다 가는 건 아니겠지
이대로
나도 바람이고 싶다
잠들지 못하고
한층 더 깊어진 눈빛 사이로
바람이 분다

다시 읽기

최승자 시집을 현금을 주고 사면서
시인을 막 알았다는 지인의 글을 읽고
책꽂이에 색 바랜 시집을 꺼냈다
젊은 날 닮고 싶을 정도로 좋아했던 시들
오래 전 가슴 쿵쾅거렸던 시를 다시 읽는데
그때처럼 가슴이 뛰지 않는다
시는 그대로인데
내 감성이 늙고 녹슬었나 보다
미치도록 사랑했던 것을 사랑하지 않고
허튼 것만 사랑했나 보다
참 오랜만에 시집 세 권을 읽으며
추억에 기대어보지만
노래가 되지 않은
오늘 하루 슬프다
끝내 내 곁에 들이지 못했던 첫사랑 같은
글에게 말을 걸고 몸으로 웃어야겠다
잡풀 우거져 지워진 길 다시 걷고 걸으며
오롯이 글이 다니는 길을 내야겠다
다시 읽고 쓰면 그대와의 눈먼 사랑도
더 깊고 그윽해지겠지

다시 읽기 시작!

오늘 문득

오늘 문득 뒤를 돌아봤습니다
사람들 속에서 허울뿐인 여유를 누리고
나 자신을 위한 여유는 없었습니다
뭘 해야겠다는 일상이 싫고
어제보다 오늘이 자유롭고 싶은데
욕심 탓인지 답답합니다
아직도 많이 부족한데
바람은 끝이 없으니
진작 안고 가야 할 많은 걸 놓치고
또 모르고 지나쳤습니다
이제 다 기억 못 하는 나이가 되었습니다
결코 잊어서는 안 되는 것들은
가슴 저 밑에 봉인되어 있습니다
가끔씩 뒤돌아보세요
혹시 내가 놓치고 외면했던 게
마음 언저리에서 울고 있을지
그대는 모를 수도 있는
그대 뒤에서 한결같이
그대를 지켜보는 사람이 있을지
앞만 보며 내달리던 오늘
너무 한 곳에 마음 뺏겼음을 알았습니다
수정하기에 너무 먼 길을 왔는지
오늘 문득 뒤를 돌아봤습니다

여명을 보며

밤새 선풍기는 돌아가는데
더위는 그대로다
깨어나 서성이는데
창 너머 붉은빛이 번진다
순간
폰을 들고 베란다로 나가니
저리도록 아름다운 그림
눈 깜짝할 사이 지워지는
언제까지 변치 않는 바람은
렌즈 속으로 들어온 순간부터
하늘은 온전히 내 것이 된다
눈길을 거두기가 무섭게
붉은 기운도 옅어진다
순식간이다
발 빼고
뒤로 물러앉아 버린 외로움도 풀어진다

그리움 끝에
누구도 들여놓지 못하는데
오늘도
마음이 먼저
그대에게 가는 길을 내고 있다

비가 그립다

간밤 더위로 잠을 설쳤다
달무리가 보며
시원한 비 한 줄기 기다렸는데
베란다 창가에서 보니
비와 거리 먼 하늘이다
오늘은 또 얼마나 더울까
생각은 점점 무거워지는데
바람은 가볍기만 하다
부쩍 푸석해진 그리움
비라도 내려 적셔준다면
비에 젖어야 그대 얼굴 뚜렷해지고
비에 젖어야 느낄 수 있는데
비에 젖어야 글 쓰는 시늉을 할 텐데
거짓말처럼 구름 한 점 없고
햇살은 따갑다
그대를 그리워하다
더 바짝 말라가는 우리 사랑은
어이할까

비가 그립다

비의 단상

아침부터 비의 반란이다
단비이길 기대했는데
밀어붙이듯 사정없이 내린다
이내 바짓가랑이 젖고
도처에 난 물길로
봄이 오롯이 떠나고
당당히 여름 앞세우며 온다
작은 물길이 합쳐지고
사람 발길을 가로막는다
빗물에 발 담근 유월의 오후
흘러드는 빗물 사이로
바람이 무너진다
우산도 할 일을 잊고 젖어든다
비 그치기를 기다리는
고단했던 하루가 돌아눕는다
구별하지 못한
단비와 장마 사이
돌아갈 수 없는 길이 흐른다
집으로 가는 길이 깊다
흐르는 것이 비뿐일까?
가슴으로 흐르는 눈물
그리운 안부도 젖는다
그대 얼굴이 풀어진다

손편지를 생각하며

갓 내린 커피 향이 퍼지고
햇살이 창가를 기웃거리면
따뜻한 손편지를 쓰고 싶습니다
활자화된 미끈한 글씨만 보다가
직접 쓴 글은 글이 아닙니다
연필 향 퍼질 때까지 깎고
그리운 마음 담아 쓰고 싶습니다
쓰다가 구겨 휴지통에 버리고
다시 가다듬어 쓰고 싶습니다
봉인된 편지를 뜯어 창가에서 읽는
그대 모습을 상상하며 쓰고 싶습니다
손편지는 오래된 애틋한 추억입니다
아날로그적 감성이 불러내어
좋아하는 시 한 편 편지 말미에 적어두고
마지막에 날짜와 이름을 또박또박 적고
곱게 접어 봉인하여 설렘을 가슴에 품고
느티나무 그늘 아래 쓸쓸하게 서 있는
빨간 우체통에 넣고 싶습니다
세월의 더께에 묻혀 아련한 그대를 생각하고
편하게 이야기하듯 쓰고 싶습니다
그대의 숨결과 사무친 마음을 읽게 하는
손편지를 쓰고 싶습니다

제5부

가을 동행

가을 동행

단풍나무 숲길이
너무 아름답다
앞서가는 남편을 불렀다
뒤돌아보는 그
가을이 되었다
온몸이 물들었다
같이 가던
강아지 두 마리도
가을 동행이다
가을의 흔적
가을빛의 장난
얼마나 아름다운가?
남편에게
젊은이들이 하는
하트를 날렸다
낙엽으로 하트를 만들어놓은
누군가가 고맙다
가을이 사랑을 하게 한다
웃게 한다
가을 떠나기 전에 자주 즐기자
가을이 밟힌다
사그락사그락
붉디붉은 시어가 떨어진다

안부를 묻습니다

절정의 녹음 뒤로 가을 왔습니다
처서 지난 오늘 안부를 묻습니다

하늘가에 가슴 저미는 고향이 보입니다
지난여름의 쓸쓸한 추억과 못다 한 이야기도
눈시울을 붉히는 그리움의 대상입니다

지난 시간 같이 감사했고 사랑했던
그리운 이름 하나둘씩 날려봅니다
따가운 햇살에 곡식은 익어가고
그리운 것들이 마음속에서 여무는
햇살의 토실토실한 지혜를 읽습니다

기세등등했던 여름도 자신을 버리고
힘 빼는 법을 익힙니다
아픈 이름을 지우고 편지를 씁니다

가을에는 더는 그리워하지 않게
손편지로 안부를 묻겠습니다
그대가 번집니다
그리움 한 방울이 번집니다
가을입니다

가을이 오고 있다

그 진했던 녹음도
색을 잃어가고
가을 담아 흐르는
물소리는 깊다
돌다리 건너기 시작한
아침 햇살
물소리에 잠시 멈춰
뒤돌아본다
가을이 지천으로 핀다
봄꽃보다 가을꽃들이
수수하고 끌린다
가을은 오고
내 젊음은 뒷걸음친다
햇살에 몸을 맡긴 것들 사이
간절히 걸어가던
그리움의 목덜미가 보인다
물기 없이 탱탱한
하늘을 본다
비가 그립다
가을이 오고 있다

가을입니다

소슬바람 아래 사심 없는 풀벌레 소리
문지방 넘던 꼬리 긴 햇살에
시선 머무는 가을입니다

별 무더기처럼 핀 고추 꽃이
더 늦기 전에 열매 남기기 열중하는
소심한 가을입니다

세수하면 얼굴 당기고
손마저 까칠해져 로션 듬뿍 바르는
촉촉함이 그리운 가을입니다

매미 소리 잦아들고
까슬까슬한 인견 이불 밀쳐내고
그대의 안부를 당겨 덮는 가을입니다

단색으로 버티던 녹음이
바람 불 때마다 떨어져 쌓여
색으로 번지는 가을입니다

혼자 길을 나서고 싶은 오후
끝내 한 번도 부르지 못했던
이름 석 자 맴도는 가을입니다

가을이 이제 막

창가 가득
햇살이 담깁니다
저 햇살이 잡아준 덕에
보는 것만으로도 배부른
가을이 이제 막 왔습니다
잎들은 새로운 빛깔로 흔들리고
정갈한 하늘은 결실을 담아
세상으로 보냅니다
우린 정성 모아
상 위에 가족들의 건강과
안녕을 기원하며 행복을 올립니다
종일 뒹굴다가 햇살 꼬리 내릴 때
양재천 걸으며 여름 갈무리하고
가을을 힘껏 안아봐야겠습니다
가을바람 더불어 하나둘 추석 준비하니
부자가 된 기분입니다
양재천 돌다리를
가을과 함께
눈부시게 건너봅니다
가을이 이제 막 당도했습니다

가을 마중

산등성이에서 내려 보며
걸음 옮기기를 주저하던 가을이
색바람을 등에 업고
등 뒤로 꽂히는 과묵한 햇살이
아련한 그림 한 점을 보인다
집을 떠나며 나를 옥죄었던
마음의 결박을 잠시 풀었다
삶의 속도를 멈출 수는 없지만
이 여정은 분명 삶의 쉼표이다
소슬바람을 안으니
마음은 벌써 지리산 길 위에 있다
마중 나온 얼굴들의 일찍이 학습된
질박한 언어들끼리 인사 오가는 사이
한잔 와인으로 축배를 들고
허기진 배를 채운다
안개 걸린 지리산에 여명이 펴진다
소나무 아래 구절초 향기가 아득하다
지리산의 안개도 산속에 들어앉았는지
가을빛을 내놓을 채비를 한다
오래된 그리움들이 꽃을 피웠다
꽤 먼 길을 돌아 알아버린 사연들
글썽이는 그리움은 아직 끝나지 않고
가을 마중 나간다

가을 여명

가을 아침 하늘의 구름이
햇빛을 받아 물든 모습이
너무나 고혹적이다
지극히 순간인데
아직도 빌딩이 붉게 물들었다
햇살 맷집 대단하다
고개 돌리기 무섭게
그 아름답던 여명은
온데간데없다
아름답거나
좋거나
즐거운 건
늘 짧고 순간이다
붙잡고 싶어도
보내기 싫어도
쉼 없이 흘러가는 세월처럼
아침노을이 너무 짧아
그대를 물들이지 못했다

낙엽 길을 걷고 싶다

낙엽이 빛의 마술을 하며
애잔한 추억은 바람에 날린다
낙엽 쌓인 거리를 하염없이 걷고 싶다
첫사랑 설렘이 노랗게 내려앉은
덕수궁 돌담길이나
애기 단풍 기다리는 시민의 숲도 있다
돌아보면 주변이 낙엽길이다
바람 불면 한방에 우수수 떨어질
저 아까운 가을이 꿈길을 채운다
처연한 눈빛의 회색으로 남을
11월이 목전이다
한바탕 지독한 몸살을 앓다가
신열로 불사르고 나면
무엇을 남길까?
봄엔 봄바람 난다고 하는데
가을바람 난다는 말은 없다
왜일까?
난감한 추억도 기웃거리고
어설픈 기대를 가져보는 늦가을
햇살 쨍쨍하고 바람 불면 좋겠다
봉숭아 물 들인 손톱의 여백이 빠져나온다

낙엽 길을 걷고 싶다

늦지 않았지?

늦은 거지
늦은 거야
떠나보낸 후 아파하지 말자
시민의 숲으로 향했다
제 모습 찾은 하늘이 물속에 내려앉아
개운한 아침을 맞고 있다
빨강 노랑 초록 갈색이 뒤섞인
가을 동거는 잠시다
무심히 지나 가버리는 시간 끝에는
이내 빛바랜 낙엽뿐이다
늦었다지만 늦은 건 아니다
가을이 아직도 익고 있다
너와 나를 기다리고 있다
숲에 가려졌던 하늘도
수풀이 숨겨둔 물길도
이젠 또렷하다
명치 끝 먹먹했던 희망 하나
전설이 되나
저 낙엽 더미 속에서 숨죽이고 있을까
도처에 스며든 끝이 보이는
가을의 슬픈 유혹에 빠져보자
요 며칠 동안이라도
늦지 않았지?

낙엽 小考

낙엽이 차지한 호젓한 길
바람 불며 낙엽끼리 스치는 소리
발걸음 옮길 때마다 따라나선다
몇 걸음 따라오지 못하고
그 자리에 다시 몸을 누인다
유유상종
소심한 낙엽도 있고
까다로운 낙엽도 있고
겸손한 낙엽도 있다
꽃에게 사랑받던 잎마저
선연한 눈길을 보낸다
사랑은 받을수록 더 받고 싶지
지워지는 순간까지
추억이 깔린 길
사무치게 그리울
가을의 흔적은
늘 서럽다
다 비어낸 나뭇가지를
걸림 없이 빠져나온
바람의 허허로운 다짐
이젠 아프다

무죄

힘을 뺀 녹음 사이로
노랗게 물든 낙엽이 떨어지고
하늘도 여름과 선 긋기 하듯
청아하다
뭉게구름 두둥실
바람은 선선한데
햇살은 따갑다
오늘 다시 폭염 리턴
가을꽃들도 이제부터 시작이다
타는 햇살 아래
곡식은 여물어가고
소소한 꽃들이 눈을 즐겁게 한다
요새는 글보다
사진이 먼저다
요즘 대세니 어쩔 수 없다
글과 멀어져도
사진 한 장으로도
글의 허기를 달래줄 수 있을까?
무죄가 될까?

짧은 여정

식사 중 막걸리 잔이 오가고
오미자차가 입가심으로 나왔다
막걸리에 오미자차를 부어
잔을 드는데
술잔 안에 천장에 달린 등이
달 대신 빠져있다
술잔에 빠진 등불을 마셨으니
핑크빛 술 한 잔 술술 들어간다
문 닫을 시간이라
아홉 시 전에 밖을 나왔는데
휘영청 보름달이 떠 있다
내 등 뒤를 따르던 보름달
동네 어귀를 도니
먼저 와서 집에 따라 들어온다
아까 마셨던 오미자 막걸리
취기 오르고
오자마자 그대로 쿨쿨
보름달이 내 곁에 눕고
귀뚜라미 소리 위로 가을이 쌓인다
더위로 진을 뺀 충혈된 하루가 쓰러진다

어머니가 불러주던 자장가가
몸을 덮는다

기다림

오늘 하루가 저뭅니다
서녘 하늘엔 갈빗살 구름이 떠다닙니다
저마다 딴 곳을 바라보는 눈길이
가을을 풀어냅니다
가을 하늘엔 구름 한 점 없는
탱탱함도 좋지만
지금 이 순간 구름이 위안이 됩니다
바람이 떠돌아다닐 때마다 구름은
강이 되고
꽃이 되고
산이 되고
그대 얼굴이 됩니다

권태로운 일상에 숨 막힐 때
서녘 하늘을 바라보면 잠잠해집니다
저녁노을 뒤로 어둠이 보입니다
그리움의 눈물도 하늘빛 닮았습니다
기다림의 길목을 지켜야겠습니다
어쩌자고 마냥 기다리는지
무릎 베고 누워있는
동그랗게 부푼 꿈 하나 살며시 내려놓으며
부엌으로 갑니다
저녁 준비해야겠습니다

양재천 가을풍경

햇살 길이 난 서쪽 하늘이 붉게 익는다
바람은 몸져누운 갈대를 흔든다
어둠 사이로 불이 켜진다
도심의 실루엣이 물가에 앉아
징검다리를 하염없이 바라본다
여름의 그림자가 물길 속에서
지루했던 여름 추억을 읽는다
바스락거리는 추억 곁에 핀 꽃이
외로움을 덜어내며 서로를 확인한다
벼는 새들에게 접근 금지를 알리며
레드카드를 내보이고
호통치는 허수아비가 멋지다
흐르지 못한 가을 저녁이 물에서 빛난다
도심의 불빛은 저녁노을보다 진하다
견딜 수 없는 그리움이 물소리에 묻힌다
노을 비껴간 하늘이 물에 젖고
어둠의 속살이 진할수록 걸음이 빠르다
발효되기 시작한 언어들이 먹먹하다
기운 없는 글에 생기가 돌게
빠른 걸음으로 왔더니 숨이 차다
똘똘한 얼굴은 순간이다
불현듯 다시 안길 글을 기다리는
양재천 가을풍경이다

가을은

가을은 새털 같은
많은 기별들만 남기고
머물지 못하고
스치는 간이역이다
시려서 아름다운 햇살 아래
흔들리는 억새 뒤
간절한 그리움의 허기
밀봉된 채로
봄을 기다릴 준비를 한다
산다는 건 기다림의 연속
그래 사는 거다
가을인데 속살은 아직 청춘이다
가을바람 불면 하룻밤 사이에
다 손을 놓을 은행잎을 위해
이야기를 남긴다
바람을 타고 길을 헤매기 전에
내일이면 아득하게 쌓이겠지
가을도 떠나고
가을빛이 무심하게 번진다
따뜻한 옷 한 벌 준비하는
가을바람 부는 오후다

가을을 걸으며

수없이 걸으며
풀잎에 맺힌 이슬방울까지
살갑게 눈 마주하며
안부 물었던 양재천이
주홍빛으로 익고 있다
추억이 떨어져 쌓여가고
바람에 몸을 맡긴 채
처연한 빛 타래를 뿜어낸다
차고 넘치는 이 가을
사람마저 가을이 된다
다 손 놓으면
가을은 끝일까?
모르고 쉽게 놓아버린
아련한 사랑은
그리움으로 붉어지는데
저만치 가는 가을이 야속타
이러다 인사 올리지 못하고 떠나겠지
며칠이라도 가을 속을 걸어보고
제시간에 모셔다주는 지하철 대신
버스 타고
휘날리는 가을을 걸어보자

제6부
양재천의 아침도 슬픔에 타고 있다

양재천의 아침도 슬픔에 타고 있다

아침 6시 반 풍경
환하게 밝히던 아카시아꽃등은
하나둘씩 꺼져가고
꽃잎은 바람에 몸을 맡긴 채
잔설처럼 밀린다
세수한 듯 해맑은 메꽃이
시간 속으로 몸을 던지고
녹음 뒤덮은 길을 걷는데
슬픔이 안겨 명치끝이 아프다
햇살은 4월 슬픈 그 날에도
어제도 오늘도 골고루 발등에 꽂히는데
나사 풀린 슬픔을 뒤로하고 걷는데
왜 녹음은 자꾸 짙어지는지
봄날이 가듯 슬픔도 떠날까?
봄날의 화두 슬픔의 물음표 앞에
노란 장미 한 송이 환해진 이유를 알겠다
하늘에서 옹기종기 손잡은
노랑 리본 떼
신록예찬은 건너뛰기
용서가 슬픔보다 먼저다

슬픔 장전된 봄날 사이
양재천 아침도 슬픔에 타고 있다

추억은 사라지고 도시는 변해갑니다

광화문에서 미국 대사관 샛길에서 만난
도심의 두 얼굴입니다
시민의 추억이 켜켜이 쌓인
종로 피맛골은 어느새 빌딩 숲입니다
빌딩 숲 모퉁이엔 추억과 고단한 삶을 품은
나이 들고 초라한 건물들이 아픕니다
고풍스런 모퉁이 붉은 벽돌의 집에는
커피 향이 진하게 풍겨옵니다
옥탑방에도 봄바람이 들고
따뜻한 역사가 분명 있는데
추억 하나로 최첨단 빌딩 숲에서
용케 버티고 있는 위태하지만
야무져 보이는 풍경이 여럿 있습니다
손때 묻은 도장을 파는 가게에
매달린 빨간 도장엔 늙은 손길이 있습니다
빠른 세상에 정지된 모습에 놀라고
큰 쇠줄로 묶어둔 아이스케이크 냉동고는
여름을 꿈꾸며 기다립니다
빌딩 창에 비친 노쇠한 건물이 씁쓸합니다
담쟁이덩굴이 벽을 감싼 빈티지 스타일의 건물이
담쟁이 잎이 뒤덮기 전에 없어질까 두렵습니다
다음에도 당당히 서 있길 빌어봅니다
역사를 품은 건물들을 다 없애고 감춘다고

명품 도시가 되는 건 아닙니다
건물이 하나둘 없어지는 건
추억과 그리움이 송두리째 없어지는 겁니다
한쪽에 빌딩이 올라가더라도 도심의 뒷골목은
남겨두는 건 사람과 사람을 이어주는
보물 같은 끈이지 않을까요?
하루가 다르게 사라져가는 풍경을 보존하며
추억 되새길 수 있는 방법은 과연 없을까요?
두렵고 슬픈 현실을 바라만 보고 있는
자신이 한없이 밉습니다

오늘은 또 뭐가 변하고 지워지고 있을까요?

슬픈 날을 걷는다

매일 온갖 풀꽃과 인사하며
행복하게 다니던 길이 슬프다
봄꽃은 가고 초록 향기 가득한데
슬픔의 끝은 어딘지 출구는 까마득하다
살아 숨 쉬는 나는 어떻게 해야 하나
온 신경과 시선의 끝은 티브이다
혹시나 생환 소식 기대는
점점 세월호처럼 침몰하고 있다
아무것도 손에 잡히지 않는 일상
눈앞에서 가라앉아 피지 못한 꽃들을 위해
허둥대는 민낯의 대한민국 호에는
구조 소식은 없고 절망의 인양뿐이다
불협화음은 도가 넘치는데
봄꽃은 슬픔과 상관없이 피고 지고
향기는 잔잔히 흩어진다
나는 세끼 밥 먹고 숨 쉬며 슬픔과 무관하게
풀꽃들을 안아보며 향기 맡으니 울컥하다
우린 모두 죄인이다
차라리 청개구리가 되지 그랬니?
그랬으면 지금 차가운 물 속이 아닌
가족 품이었을 텐데

벌써 2년

벌써 2년!
노란 리본은 날아가지 못하고
안전이 최고라고 떠들지만
손에 잡히듯 변한 게 없다
시간이 약인지 까마득히 잊고 있다
차가운 물 속의 생떼같은 자식을
어찌 잊을 수 있을까?
이 눈부신 봄날을 즐기고 싶어
환장하는 내가 부끄럽다
청춘들이 봄꽃으로 쏟아지는 걸까?
슬픔의 비에 아픔을 잊고
새봄이 오기나 할까?
희망의 물꼬에서 다시 물소리가 들릴까?
새로 뽑힌 한량들 귀나 기울여줄까?
진정 수장당한 진실에 접속할 수 있을까?
청춘들의 희망을 카피해서 걸 수 있을까?
보고 싶다는 말이 목젖까지 차올라
입이 마르고 입술 부르튼
가족들의 몸살을 재워주는
그 무엇이 뭘까?

벌써 2년!

봄비에 대한 슬픈 단상

북쪽에선 황사
남쪽에선 방사
우리 머리 위엔
무장한 우산 하나씩
마음엔 슬픈 봄비 내리고
온갖 동식물들 그대로 젖고
온전하게 남아있기를
내리는 봄비야
무슨 罪가 있으랴
봄비에 쑥쑥 올라오는
우리네 근심이 문제지
핵 피한다고 우산 쓴 채
담배 피워대는
사내들의 빗장 닫아건
마음이 더 무섭지
창밖을 바라보며
비를 즐길까 말까
현실에서 도망치려는 私心이
내리는 비보다 더 아프다
봄비에 대한 각별한 그리움이
총총 젖어든다
진정 相生은
비에 떨어져 뒹구는 꽃잎일까?

첫눈

첫눈 내린다고 세상은 먹빛이다
잎들은 일제히 고운 빛 토한다
떨어지고 남은 잎들은 찬연하다
첫눈을 부르듯 간밤 천둥이 쳤는지
스러져가는 마음속으로
기다림은 말라 바스락거린다
다 벗고 혹독한 시간을 견디는 일
봄을 위한 기도다
하릴없는 그리움이 갑자기 추워진
마음을 데운다
출출한 저녁나절
첫눈의 허기를 어떻게 채울까
내일 더 춥다는데
찬 서리에 반짝거리는 겸손한 가을이
당당한 가슴을 펴고 해맑은 웃음으로
안녕!
첫눈은
첫사랑의 설렘으로부터 시작된다
첫눈이란 이름으로 한 방 맞았다
창밖을 보며 말을 걸어본다
첫눈 내린 거 맞아
혼자 먹는 저녁
가을이라 밥맛 하나는 좋다

만남

또 모이나?
10여 년을 한결같이
두 달에 한 번
눈가에 주름지는 줄 모르고
친구 보는 기쁨이다

애들과 신랑 챙기느라
잊었던 친구의 이름은
애들이 자란 후
컴퓨터 앞에 앉아 독수리 타법으로
내 친구는 어디서 어떻게 사는지
궁금할 즈음

불혹의 나이가 되어
유혹이 뼛속 바람처럼 숭숭 스며들고
밀레니엄을 막 넘긴 늦가을 어느 날
카페 만들어놓고
홀연히 떠나버린 친구가
처음 멍석 편 날부터 지금까지
짝수 달 셋째 목요일 오후 7시
친구의 얼굴이 내 거울이 된
보는 것만으로 행복한
우리들의 유년 찾기

중매결혼 이후

속전속결
빠른 시간의 흐름 속에
옛날을 기억할 수 없다
결혼이란 버스 속에서
차창 밖의 풍경을 기억하는 건
애당초 무리다
적당히 인사하고 입 맞추고
살 섞으며 살다 아들딸 낳았다
못한 연애는 결혼부터 하자는
달콤한 게임에 빠져
커서는 깜빡이며 에러 났다고
ESC 누르라고 야단이지만
남편의 깊은 질서에 빠진 지
벌써 10년
결혼 전 공유한 추억이 없음은
절벽 앞에 서 있는 것 같다
잘 익은 술 한 잔과
잘 익은 농담 몇 마디에 기대앉아
남편과 눈빛 맞추지만
연애 한 번 실컷 한 후
결혼했으면 좋았을 걸
애들은 연애결혼하라고
어린 아들 보며 중얼거렸다

안개와 딸

빈 들녘
슬픈 안개 사이로
발 빠른 어둠이 스쳐 갔다
어둠의 어깨는 너무 견고하니
어쩜
환한 아침을 볼 수 있으리란
기대는 내려놓았다
안개 깊은 아침은
언제나 난시로 자리했다
간간이 불어대는 바람은
시린 발목 붙들고
떠날 줄 모른다
안개 깊은 한낮은
언제나 명랑했다
맑은 가을 하늘 같은
딸년의 눈웃음 끝에
진한 그리움이 묻어나왔다
걸음마를 배우듯
말을 뒤뚱거리며 배우는
딸의 야무진 입이
나의 꿈이고
희망이고
살아가는 이유다

제7부
언어 칵테일

언어 칵테일

깜찍한 언어
톡 쏘는 언어
배꼽티 입은 언어
찢어진 청바지 입은 언어
단발머리 언어
발랄한 언어
지독한 언어
부드러운 언어
격정의 언어
예의 바른 언어
다 섞어 흔들면
무슨 색의 언어들이
투명한 잔에
시를 만들까?
시의 칵테일은 어떤 맛일까?

시를 읽으며

오래전 가슴 떨려
물 한 모금조차 넘길 수 없던
첫사랑 같은 시를 우연히 읽었다
시에서 빠져나온 녹슨 감성들이
가슴 먹먹하게 스며들고
조심스레 용기를 가져본다
깊숙이 있는 유폐된 그리움 꺼내
햇빛 가득한 창가로 옮겨놓는다

손에서 글을 놓은 지 오래지만
늦지 않길 바라며
슬금슬금 아지랑이 올라오듯
글 한 줄 써 보고 싶다
봄맛 나는 시를
막 읽었던 시처럼
노래 같은 시를
단 한 편이라도 써보고 싶다
좋은 시를 읽으며
오늘도 예전처럼
똑같은 생각을 해보며
웃는다

또 바람맞기 싫다

다음에

다음에 미뤄두는 풍경
다음에 동행하는 좋은 사람
얼마나 기다려줄까?
어제와 오늘이 다른 가을빛들
꼭대기서부터 타오르고
계곡 물을 붉게 물들이며
바삐 내려온다
사람이 그립고
정이 그리운 게
가을 단풍이다
다음에
다음을 말하지 말아야겠다
이 가을에 다음을 내뱉는 순간
바람에 손을 다 놓는다
하늘에서부터 가을은 내려오고
일상의 불편했던 마음
다 털어내고 홀가분하게
다시 세상을 내려가도
좋을 일이다
바로 안부를 물을 일이다
다음에
지금 바로 지울 일이다

입덧

해마다 찾아드는 환절기 해소처럼
일 년에 몇 번이고 입덧을 치른다
추억의 자락이 뒤집힐 때면
홀로 기다리는 언어의 등을 만나면
편안함을 통과하기 위해
복잡함을 걸어 다니고
토해내고 토해낸다
끝없는 입덧이여
고통의 보상이여
날아다니는 희망을 잡기 위해
회오리 삶이 해답이라고 노래했던
그대의 만남은 불면을 동반하고
끝 모를 의문을 던져줄 때마다
심한 입덧을 했다
부끄러움의 단추를 채우고
잔기침처럼 열어보는 글 밖 세상
꿈꾸기에 너무 적당한 시간
아픔은 찰랑찰랑 그리움을 적시고
그대의 글을 적시고
우리가 우리로 남게 하나로 적신다
불면이 손 내밀 때마다
조금씩 깊어지는 입덧
글을 쓰고 싶다

못 하고, 못 하고, 못 하고

고향 바닷바람도 쐬지 못하고
글 한 줄 쓰지 못하고
봇물 터진 춘곤증도 해결 못 하고
가슴 답답함도 해결 못 하고
당장 보고픔도 해결 못 하고
오늘은 다 못 하는 날이다
이렇게 숨통 터지는 날
이렇게 소통이 그리운 날
봄바람은 마음을 흔들어댄다

화단에 꽃나무를 심으며
못 하고 못 했던 것들은
땅 속에 밀어 넣고 밟았다
다시 올라오지 못하게
못 하는 것뿐인데
누가 버린 수선화 심었더니
초록빛 잎들이 올라오고
봄바람에 가출했던 마음은 제자리로
새싹들에게 인사할 일 많은
경칩을 하루 앞서
더욱 부산해진 봄날!

글을 쓴다는 거

글은 속만 태우고 덥석 안기지 않는다
하루 이틀 사흘 더디 가던 시간이
글을 선보일 때는 빨리도 간다
마감은 코앞인데 첫발 내딛기가 두렵다
시간은 가는데 풀어내지 못한 글들은
고개 숙인 채 손사래 친다
하루해는 짧고 종일 생각에 잡혀
가슴 뻐근하고 목마른 게
사랑앓이 같다
글이란 놈은 나쁘다
행간의 질감을 담아내고 싶은
간절함을 등치나 보다
오늘 밤은 더욱 글이 되지 않고
뒷걸음치며 달아난다
제발 멀어지지 말고 내 곁에서
잠깐만이라도 서로 물들어보자
돌아앉은 글을 다시 내게로 오게
춤판이라도 벌여야 하나
글을 억지로 쓴다는 거
오월 밤의 슬픔이다
내겐

갈증

어디까지 오를 건지 정말 덥다
도대체 밖에 맴도니 늘 목이 마르다
무심한 척 한쪽에 밀어놓는데
급해지는 마음 사이 그리움이 흐른다
많은 날을 망설이다 여기까지 왔나 보다
더 이상 머뭇거릴 시간이 없는데
진도는 그대로고 손은 허공을 젓는다
속이 허한 사람처럼 땀은 계속 흐르고
많은 물을 마셔도 더 목마르다
마무리해야 하는 글보다 이젠 잠이 먼저다
쉽게 잠들지 못하는데
갑자기 가슴을 스치는 노래
그냥 따라 부르는데 가사가 뚜렷하다
스무 살 때 가슴 속으로 뛰어들며
안기는 먹먹한 노래다
왜 노래처럼 글은 안기지 않을까?
빈 여백이 손 글씨로 가득하길 기대하는데
기대로 머문다
시간은 없는데 매일 매일 애태우게 한다
그대 향한 사랑은 아직 시작도 못 했는데
내겐 언제나 커다란 갈증이다
내가 원하는 곳에 내려 갓 퍼 올린 물 한 사발
벌컥벌컥 마시고 오랜 갈증 지우고 싶다

그림과 글

컴퓨터 위에 붙여놓은
남편의 그림이다
더위에 해바라기 꽃 축제에 못 가는
나를 위한 작은 배려인데
갈수록 그림 솜씨가 좋아진다
그림이든
글이든
여백이 있는 걸 좋아한다
내 앞의 그림은 여백은 많지 않지만
마음에 들어왔다
글 고치다
잠을 놓쳐버리고 맞은 아침에
그림을 한참 동안 바라보았다
사랑으로 보면 더 아름답다는 걸
행간에 숨겨진 글도
온기도 따스하게 읽혀지는 걸
혼자 밤을 지낸 후 알았다
하루가 다르게 단단해지는 그림을 보며
무턱대고 써 내려 갔던 글을 향해
읽고 또 읽으며 고치고 지워본다
이제 이름표 달고 세상 밖으로 나올
글이 헛되지 않았음을 보여줄 때인데
용기가 필요하다

억지로 쓰는 詩

남편은 눈만 뜨면 글을 쓰라 한다
나를 볼 때마다 글을 쓰라 한다
어디 글이 밥 먹는 것처럼
맨날 쓸 수 있는 것일까
어디 숨 쉬는 것처럼 쉬운 것일까
나는 모르겠네
나는 모르겠네
밥 먹는 것처럼
숨 쉬는 것처럼
쉽게 쓴다면
가슴 깊숙이 흉터로 남은
치유의 글을 쓰고 싶네
詩를 쓰고 싶네
아기의 배냇짓 같은
글을 쓰고 싶네
숨 쉬고 있는 한
글 쓰는 일을 사랑하고 싶네
속살 뽀얀 글을 쓰고 싶네
가슴 훤히 비치는 글을 쓰고 싶네
그리움 같은 내 글이
남편이 쓰라고 해서 쓰이는 것일까
억지로 쓰는 글을
詩라고 부를 수 있을까?

아침노을을 보며

기다림에 비해 소원하게 내린 비
더위는 데려가니 꿀잠을 잤다
기대를 품은 기다림은 돌아보면 허허롭다
아침 눈 뜨며 맞는 하늘
잠시 동안이지만 고혹적이다
서로 속내를 눈치챌 시간도 없이
떠나버리는 아침노을
온기 없는 대화 같지만
눈요기는 그만이다

사는 게 어쩜 아침노을 사진 몇 컷처럼
필요한 것만 찍거나 스캔한 후
글 몇 자 예의상 끼적거리고 돌아서며
잊히는지 모르겠다
그리곤 또 기다리겠지
아니 새로운 의미를 찾는 도전이겠지
어떤 모습이든
어떤 글이든
어떤 사랑이든
아직도 내게 남은 꿈이 아닐까?
아침노을을 보며 한 줄 적어본다
이 글은 아직도 기다리고 있을
꿈을 위해 한 걸음이겠지

일상 그리고 추억 하나

날밤 새워가며 글을 쓰고
술 한 잔 놓고 쓴 글 토론하던
30년 전에 찾았던 곳
쓰러진 주춧돌을 마주하며
시를 읊었던 분들을 생각한다
잠깐 동안 닮으려 했던 아련한 추억이
다시 나에게 물었다
치열하게 글을 썼는데
지금은 아무것도 아니다
씀으로써 행복했었는데
시가 된 게 없다
나뭇잎 사이로 그리움이 반짝거린다
백석동천 이곳에 와보니
시 한 줄 쓰고 싶어졌다
아직은 농익어 단내 나는 시어가 없다
가을이 깊어지면 다시 찾고 싶다
30년 전 내게 마음 주었던
글들에게 손을 내밀어 볼까?
내 손을 부끄럽게 잡아 줄까?
백사실 계곡 다녀온 후 용기를 내 본다
30년 전 내게 토라진 글들이
마음을 다시 열어줄까?

넋두리

오늘은 쉬고 싶다
글 한 줄에 매달려도
글이 안 된다
운동도 빼먹고
잠도 많이 잤는데
흐린 하늘처럼 머리도 멍하다
책을 들었다가
생각에 잠겼다가
가공되지 않은
단어가 생각나지 않는다
누가 봐도 끌릴 수 있는
단어의 부재다
며칠째 제자리걸음이다
자투리 천을 한 땀 한 땀 이어
아름다운 조각보가 되듯
다르면서 닮은꼴이 되는
글들이 이어지질 않는다
푹 쉬면 나아질까?
미친 듯 책을 읽다 보면
내게 말을 걸듯 다가올까?
치명적인 유혹 같은
글이 필요한 걸까?
다 내려놓고 쉬어야겠다

시와 추억

깊은 안개에 취해 잠든 도시
창문을 여니 안개가 먼저 와 안긴다
가을의 아쉬움 묻은 안개를 보며
가을빛을 찾는다
막 읽은 시 속에서 추억에 젖는다
한 번 떠난 사람은
꿈에서조차 보이질 않고
돌아올 기미가 없는데
가버린 인연을 부질없이
그리워하며 눈시울 붉힌다
시도 때도 없이 사람이 그립고
반환 못 한 추억을 만지작거리며
떠난 이를 잠깐 기억하다가
시를 읽으며 추억을 놓아준다
친구들과 시간 가는 줄 모르고 떠들다가
안개가 몰려올 즈음
각자의 그리움을 안고 집으로 향했다
올해가 가기 전에 마음 맞는 몇이서
자리 한 번 더 마련해서 아쉬움 달래야지
하찮고 남루한 우리의 추억이지만
꺼내어 듣고 즐거워할 수만 있다면

일찍 찾아온 비

비에 더위 씻기겠지
에어컨 아래 비 내릴 내일을 기다린다
일기예보를 보며
견뎌야 할 더위의 무게를 가늠해 본다
실외기 돌아가는 소리 속에
빗방울 소리 묻어있다
일찍 찾아온 비
더위에 지친 마음 읽기라도 하듯
비와 함께 싱그러운 바람이 분다
비 들이치면 어떠랴
창 너머 안겨드는 바람이 좋다
단번에 더위 꼬리 내리고
호통치듯 비가 꽂힌다
바람 너머 무너지는 마음
그 끝을 따라가면
내 안에 숨어 사는
그대의 숨결이 있다
빗방울이 풍경 되는 칠월의 밤도 젖고
우리의 뜨거운 맹세가 젖는다
비는 나에게 가슴 속에
표류 중이던 단어들을 모아
곁에 앉힌다

저녁노을을 보며

잃어버린 시간을 찾듯
붉게 물드는 하늘과 건물 벽
노을이 한 편의 시를 그리고 있다
노을이 시가 되고
삶 또한 시가 되고 싶어
안달 나는 저녁이다
얼굴 붉히는 시어들이
마음에 매달리고
밝은 길눈이 되지 못하니
깊어지는 불빛 아래
하나둘 흩어진다
오늘도 헛방이다
차라리 빗방울에 맘 뺏겼던
간밤의 시어들이
촉촉이 안겨들 때
무심한 척 안아주었다면
어쭙잖은 시에
이름표 달지 않았을까?
아름다운 저녁노을 보고
노을 하나 읽지 못하니
허허로운 속내 들키기 싫어
어둠 속으로 스며든다
아득하다

정리를 하며

세월이라는 시동은 삶이 끝나기 전에는
멈추거나 되돌릴 수 없는데
삼십 년이 더 지난 빛바랜 글들 속에서
슬픈 추억을 읽으며 안녕 고하고 버렸다
이렇게 정리하면 될 것을
뭐 그리 대단한 것이라고
애지중지 가지고 다녔는지
겨울날 볕 잘 드는 곳에 앉아
그대를 하염없이 기다렸던
꽁꽁 언 글들마저 손을 놓았다
환해지는 길 끝에 누가 웃으며 들어올지
이젠 잊고 정리하기로 했다
지금까지 글다운 글이 못 된 건
삼십 년 전 헤어질 그때
글이 될 수 없었는데
사랑이 되지 못한 약속과 설익은 글이
세월 지나면 익을 줄 알았는데
딱 그 시간에 머물러 그대로인
부질없는 기다림임을 알았다
오랫동안 서랍 어둠 속에
방치된 미완의 글들에게
애틋했던 첫사랑에게
안녕!

제8부

나 홀로 연습

나 홀로 연습

홀로 한 끼를 대충 때웠다
혼자 먹더라도 그릇에 곱게 담아
여왕처럼 우아하게 사랑을 먹어야 하는데
봄날 식탁엔 게걸스런 중년만 있다
왜 혼자 초라하게 먹을까
명품 삶이 되려면 옷차림도 달라야겠지
머리 모양도 단정해야겠지
3박자를 갖춘 후에 먹어야 하나
살다 보면 혼자일 때가 많겠지
혼자라는 거
홀수라는 거
내 삶엔 겉도는 단어다
아직 혼자는 싫은 나이
늘 남편이 타주는 차 대신
스스로 탄 녹차 한 잔도 나쁘진 않아
네 가구 중 한 가구가 나 홀로라는
늙은 서울 하늘 아래
이제 외로움에 익숙해야 하나
3월 마지막 날 나 홀로를 즐기는
나른한 햇살과 눈물겹게
多情한 오후

시선

가을의 흔적이 얼음 사이에
갇혀 세계를 그려 낸다
발길 아래
무심코 지나친 얼음이 그린 그림
읽을거리가 많다
저 얼음에 갇힌 낙엽이나
무심한 발길들 그리고 추억들
갇힌 게 어디 이것뿐일까
우리네 삶도 어쩜 갇힌 게 아닐까?
내가 만든 틀에 가둬보려 애썼지만
안되는 게 있다
품 안의 자식이 그랬고
매번 돌아오는 새해 다짐도 그랬다
포근한 햇살 내려앉으면
금방 갇힘에서 풀려 물이 되듯
올해는 마음 가는 대로
시선 끌리는 대로 자유롭고 싶다
숨었거나 감췄거나 가두었던 것들에서
술래잡기 그만!
이제 생기로 남아 애정을 쏟고 싶다
술래인 나를 찾아 떠나는
다행인 고해성사
가뿐하다

벗어나고 싶다

피자 한 조각 먹고
삶과 죽음이 한 몸임을 알았다
방문 여닫듯
그리운 것들과 손을 놓을 뻔했다
일주일에 세 번은 병원을 간다
모든 검사에도 원인불명
응급실에 실려 오던 날
초를 다투는 시간 속에
기억마저 무너지고
혈압이 잡히지 않아
간이 나빠졌을 거란 추측뿐이다
결과 보면 다른 건 지극히 정상인데
간 수치만 더 높아져 또 피를 뽑았다
이젠 기다릴 수 없다며
임시 처방을 해 준다
겉으론 아무 일 없이 아픈 건
잠시 쉬라는 브레이크라 위로하며
집으로 돌아오는 길
장미 덩굴이 담 위에서
내려다보는 눈길이 아프다
부엌 서랍엔 약봉지만 늘어가고
가족의 근심도 늘어간다
빨리 벗어나고 싶다

갱년기

목젖이 보이는 웃음 뒤에
끝내 다다를 수 없어
하얗게 삭은
그리움이 보인다
활짝 내보인 웃음
쓸쓸함이다
외로움이다
생이 다할 때까지
정산되지 못할
봉인된 사랑이다
크나큰 웃음은
따뜻함이다
얼굴에 땀 흥건한 행복이다
잊을 수 없는 풍경이다
기대고 싶은 바람이다
발칙한 열정이다
하루에도 몇 번씩
바람을 찾는다
땀이 식기 무섭게
또 열이 올라 덥다
찬바람을 향한 갈증
답이 없는 게 답이다

떠나고 싶다

일 끝나고 3일 쉬는데
정말 어디든 떠나고 싶다
3일 밤낮을 아무것도 않고
잠시나마 일상을 잊고 싶다
핸드폰도 터지지 않는 곳
과연 혼자 갈 수 있을까
책 몇 권이 벗이 되고
새소리 바람 소리 물소리가
위안이 되는 곳으로
떠나고 싶다
그대로 눌러있어도 좋은
찾을 수 없는 곳에 가서
절정의 신록에 묻히고 싶다
욕심의 군살을 버리고
매끈한 새 모습으로 정리하고 싶다
용기를 내고 싶다
혼자 갈 수 있다면
30년 전의 어느 날처럼
물기 스며들 듯 밤 기차에 몸을 싣고
내리고 싶은 곳에 미련 없이 내려
한 3일 푹 쉬다 돌아오고 싶다
숲에서 들킨 마음 정리하며 쉬고 싶다
떠나고 싶다

세상은

세상은 거저 생기는 건
아무것도 없다
막걸리 한 사발
근심 털어내듯 쭉 마시고
정을 담는 데는 욕심이 필요 없다
오래전
모두에게 노출된
꿈이 딴 길로 우회한 지 오래다
삶이란
어린 시절 잃어버린
한두 개의 꿈을 되찾는 긴 여행이다
기억의 저편
가을이 더위에 망설이는 시간 사이
이력이 붙은 객기만 자리한다
고단한 삶의 이력이 닮아 있는 듯
켜켜이 쌓인 아름다운 굴곡의
배경 뒤
땀과 눈물의 경계를 만들며
애틋함이 안겨 온다
세상은 거저 되는 게 없다

자화상

검정도 흰색도 아니다
늘 제 코가 석 자인 소작농의 딸
훤히 비치는 잔꾀는 부리지 못하는
뼈에 사무치는 가난이 싫지만
함부로 살 수 없어
가난을 끝내고 싶어
야무지게 일 해치우고
성이 차지 않으면
밤잠 설쳐가며
굵은 비 탐해가며
한 마리 벌레처럼 꿈틀거리며
치열하게 걸어왔다
저 멀리 보이는
쩌렁쩌렁한 봄날
욕심 걸치는 만큼
진심이 멀어지는 게 싫어
햇빛 보지 못하고
바람 들지 못하게
중무장이다
사는 것이 가장 먼저다
사는 것에 비하면
모든 건 하찮은 일
오늘도 갈 곳이 어딘지 찾고 있다

양재천 아침 산책

그 진했던 녹음도
색을 잃어가고
가을 담아 흐르는
물소리 깊다
돌다리 건너기 시작한
아침 햇살
물소리에 잠시
멈춰 서서 뒤돌아본다
양재천에는 가을이
지천으로 피고 있다
봄꽃보다 가을꽃들이
수수하고 끌린다
가을은 오고
내 젊음은 뒷걸음친다
이제 막 햇살에
몸을 맡긴 것들 사이
간절히 걸어가던
그리움에 탄
목덜미가 보인다
물기 없이 탱탱한
하늘을 본다

비가 그립다

너에게

시를 종일 읽었지
시 속에서 너를 봤어
시 속에서 너를 읽었지
예전처럼 환하게 웃으며
손을 내미는 너를
눈부신 모습이었지
눈빛은 깊고 맑았지
가슴은 일렁이는 푸른 바다였어
토닥여주는 따뜻한 마음이었지
영혼은 아이처럼 해맑았고
꿈꾸는 것도 많았지
너로 인해 아름다웠던 시간들
너로 인해 빛났던 시간이 있었는데
너무 많이 지나왔어
결코 너에게 돌아갈 수 없으니
잘 지내지?
아직도 내 속에 머물기는 하니?
점점 시드는 나이인데
더 이상 노래 부르지 않아
그립고 그립다
나의 청춘아
단 한 번이라도
돌아갈 수 있다면

굵은 비 내리던 날

굵은 비 내리던 날
지붕을 두드리는 높낮이 다른
빗소리 곁에 두고
흔들리는 백열등 아래서
책을 읽는다
빗방울이 튕겨 다리에 엉겨 붙고
짙은 비 냄새가 온몸을 휘감는다
책 읽는 속도는 빨라진다
그 많던 모기는 어디 갔는지
책 읽기만 할 수 있어
또렷이 가슴에 안기는 근사한 밤
박하사탕을 깨문 것처럼 머리가 환해진다
그 후로 오랫동안 책 읽느라
밤을 반납했던 추억은
첫사랑처럼 애틋하다
굵은 비 내리는 지금은
언감생심 밤을 밝힐 꿈은커녕
내일을 망칠까 봐 책을 펴지도 못한다
비 내리면 가끔 우울하지만
기억의 빗장을 열고 물어오는
추억의 안부는
예나 지금이나 행복하다

사진을 보며

자주 보는 사람은 그대로인데
어쩌다 만나면
나이 들어 보이는 차이
오늘 우연히 추억을 넘겨보았다
언제부터인가 젊음이 부러웠다
분명 빛나던 한때가 있지만
옛날보다 지금 이대로 곱게 늙고 싶다
사진을 보면 사진 밖을 꿈꾼다
사무치던 그리움에
추억이 덴 적도 있고
추억이 길을 낸 자리 다른 추억과
그 길을 걸어본 적도 있고
행복을 자랑삼아 찍어대던 외출도 있고
속절없던 몸 닳아버린 소문도 보였다
사진 속 시간은 정지되어 있다
팽팽하게 당겼던 젊음의 줄은
느슨해져 눈가 주름을 만들고
영혼의 젊음은 주름살 없기를!
잠시 그리움으로 빠져나온 추억이
나의 일상을 가로질러
언어로 읽힌다
사진을 내린다

10분 차이

어제보다 10분 먼저
집을 나섰다
어둠 속에
새벽빛은 안쓰럽다
양재천 풍경은 어둠에 묻혀있어
감으로 읽는다
시간이 남아 둑길을 걸었다
시간도 더디 가고
어둠도 꾀부리듯
뒷전이다
다리와 다리 사이를 오가니
어둠이 조금씩 물러난다
날이 밝아오기는
조심스럽고 더딘지
서쪽으로 몸 숨기는
석양과 다르다
떠오르는 햇살에
투신하는 어둠
그 인연이 아름답고 깊다

10분 차이
봄들이 빠져나올
타이밍을 찾는다

늙는다는 건

언제부턴가
세상에서 젤 무거운 눈꺼풀
억지로 걷어 올려 잠을 물리면
뒷짐 진 잠은 밤새 약 올리다가
날 밝기 한 시간 전 살며시 다가와
눈꺼풀 끌어내려 비로소 잠든다
5분만 하다 눈 뜨면 한 시간 훌쩍
1분도 채 안 잔 것 같은 하루는
고장 난 부품처럼 삐거덕거린다
물에 젖은 솜 마냥 무거운 밤
하룻밤 잠을 반납하면 내일이 무섭다
눈꺼풀 내려오면 만사 제치고 자는 게
편안한 내일을 위한 거다
자고 싶을 때 자는 게 아니고
졸릴 때를 놓치지 않고 자면
잠이 곱게 안긴다
오늘도 잠에게 지고 있다
이 모든 게 늙었다는 증거다
왜 잠은 늙지 않지?
그리움은 더 생생한지
긴 명상록만 썼다 지움을 반복하는지
잠이 그립다
자고 싶다

권태

오늘은 어제와 닮은꼴
또 내일은 오늘과 닮을

하루를 맞으며
대강대강 꿈을 꾼다
지난 하루 접는 일
무심결에
끈적거리는 행복에
선택되기를

게으른 홀로가 아니라
등 구부려 신발 끈 매고
희망 찾는 사람도
오늘의 한 부분은 마찬가지
             .

재미없는 심심한 반란은
제자리걸음
오늘은 어제
내일은 오늘 같은
목메는 절망
수렁 같은 休眠期

오래된 애인

겨울 끝물
집으로 돌아오는 골목 어귀에서
누군가 기다렸다는 듯이
어깨를 툭 치며 아는 체한다
이력이 나버린 만남
밤새 뒤척이다 몸살 난 아침
파문이 인다
일방적으로 퍼 주는
지독한 열정이 벅차
외면할수록 막무가내
돌아갈 기미를 보이지 않는 그를
내 몸으로 모셨다
잊어 버릴만한 시간이 흐르고
굵은 비 온 뒤 앞산처럼 다가왔을 때
그가 손을 내민다
눈물겨운 배웅
아득한 풍경으로 남는 그
나는 내의를 벗고 봄을 맞는다

밤낮을 가리지 않고 괴롭히던
기침이 멎었다

제9부

내가 나를 만날 때면

내가 나를 만날 때는

작은 소리마저 불면에 갇혀 있을 때 나를 만난다
굵은 비속에 입 다문 햇빛의 本心을 알았을 때 나를 만난다
헐값에 판 양심 속에 남은 용기를 보았을 때 나를 만난다
탈수된 하늘이 한 줄기 소나기가 그리울 때 나를 만난다
소음의 일부인 불행한 언어의 절규를 들었을 때 나를 만난다
밤새 불면처럼 목매단 글이 아침에 흔적 없이 부서진 절망
　　에서 나를 만난다
내가 나를 만날 때 내가 누구인지 모른다
내가 나를 그리워할 때마다 뒷짐 지고 서 있던
그림자가 뭔지 모른다
나의 글이 이 시대에 조금의 길잡이가 될 수 있을지 모른다
내가 비로소 나를 만날 수 있는 건
어둠에 도망가는 바퀴벌레의 뒷덜미에서
닮은 나를 만난다
내가 나를 만날 때는

확실해지지 않는다

그대의 외유가 확실해지지 않는다

아이들은 은밀히 죽어가는
이 시대의 관대함이
확실해지지 않는다

햇빛의 넉넉한 살림이 있는데
이파리가 시드는지
확실해지지 않는다

폐결핵 걸려 쿨룩거리는 가난한 밤
뒷짐 지고 선 지폐의 부끄러움이
확실해지지 않는다

이슬이 죽어 가만히 눈뜨는 아침
잘려나간 풀뿌리들이 힘 모으는 데
확실해지지 않는다

몇 번의 비워내기를 해도
언제나 고여 있는 모순
확실해지지 않는다

조용히 잠을 청하는 눈길만 확실할 뿐

읽는다, 그러나 읽을 수가 없다

열등의 바닥에서 낯가림하는
오늘의 비뚤어진 언어를 읽는다
굶주린 양심과 거짓 내통한
오늘의 불륜을 읽는다
지폐의 유혹 앞에 가슴 풀어 죄가 된
오늘의 가난한 고백성사를 읽는다
고향을 등진 젊은이들의 뿌리 내릴 수 없는
오늘의 방황하는 절규를 읽는다
닥치는 대로 읽는다
그러나 읽을 수가 없다
보행 곤란한 자유가 뒤뚱거리는
슬픈 병상일지를 읽을 수가 없다
박제된 거룩한 혼을 읽을 수가 없다
내일을 위해 땀 흘리는
포크레인의 눈물을 읽을 수가 없다
읽을 수가 없다
읽을 수가 없다
낮게 내려앉은 하늘 아래서
빛을 거둔 어둠 아래서
시가 시 같지 않은 어긋난 일상에서
바람마저 무너져 공해가 되는 이 도시에서
모든 걸 닥치는 대로 읽는다
그러나 아무것도 읽을 수가 없다

자이로드롭Gyro Drop

다 인출해버린 마이너스 희망 끝이 없다
짜릿함 찾아 몰려든 젊음 사이
얄팍한 사내 머뭇거리다 표를 산다
순간 힘없던 눈이 번뜩이며
어디까지 버틸지 모르는 바람을 움켜쥐고 오른다
오늘따라 호수는 서글픈 배경
물무늬에 걸려 바짝바짝 타들어 가는 불안
초읽기에 들어선 심장 소리가 일제히 날아오른다
철커덩-
한 점으로 뚝 떨어진다
일촉즉발 본때 보이는 이 초간의 공포 속
외마디 비명들이 사방으로 튕겨진다
일순간 정지
긴 안도가 땀을 닦으며 내린다
사내는 꼬깃꼬깃한 희망 한 잔 꺼내 들고
자판기에서 절정을 뽑아 든다
해낼 수 있다는 용기가 목을 휘감는다
저 끝 시원한 출구가
뒷굽 해진 사내의 발걸음을 빛나게 한다
심지 굳은 또 다른 희망 하나 끝까지 남아
호루라기로 젊음들을 줄 세운다
그리고 오르고 또 떨어진다
한 점 환희로

태풍 북상

낮게 웅크린 거리를 험상궂은 바람이 활보하고
사람들은 귀가를 서둘렀다
단단한 불안 사이로 쩌렁쩌렁한 빗소리는
태풍 북상을 알리며 신문의 귀를 흔들고
나의 귀를 후비고 휴가마저 관통했다
셔터 눌러 댈 꿈에 부푼 아이는 현관에서 들어오지 않는다
태풍 북상을 명분 삼아 누워있는 내 곁에 절망도 누워있다
절망은 안개로 덧칠한 금속성 기침을 내뱉고
시야 흐려진 안경알을 닦아내며
탈이 난 휴가를 손꼽아 세어본다
태풍 지나기를 기다리는 암호 같은 낱말들이
물구나무선 채 행간 밖에 나와
황급히 달려드는 물마루를 바라본다
태풍은 매시간 빠른 속도로 북상
남은 휴가를 가져가고
행간 밖 낱말들을 쓸어가고
유예당한 그리움마저 밟고 갔다
게릴라처럼 거침없이 도심을 휩쓸고 간 자리
눅눅한 기대만 추위에 떨며
잠깐 내민 햇살에 옷을 말리고 있다
뽀송뽀송한 소식 그리운데
어디선가 땀내 없는 부정행위의 발걸음 소리만
골목을 어지럽혔다

한계령 1

그대가 그리운 날이면
그리운 山을 만날까?

계곡으로 달려가
人家로 기어드는 물소리
물은 은밀하게 흘러들어
나무의 발목을 적시고
여름풀의 이마를 적시고
여름마저 적신다

그리운 山이 더는 물을 그리워하지 않게

해발표고, 900m, 한계령
간간히 달려와 안기는 '낙석 주의'
맨발의 낙석 하나
點火되기 위해 부딪히는
눈빛 같은

그대가 그리운 날이면
그리운 山으로 달려올까?
정신없이

한계령 2

돌아보면 아득하여라
아득하여 눈물 나듯 아름다워라
단지 시작과 끝을 위해
숨 가쁜 바람 하나로
현기증 닦으며 오르는 길
몸 부비며 노래 부르던 새 한 쌍
지나는 바람에 노래마저 멈추고
돌아서던 山이 된다
죽어서도 깨어있는 바다가 된다
음절 같은 한계령을 벗어나고
땀에 젖은 바람으로 떠도는 나는
설악산 가슴 어디쯤에서
방황의 內衣를 갈아입을까
거꾸로 흐르는 뭇 봉우리들
거꾸로 흐르는 하늘
모두가 정리의 겉옷이 되는
100m 간격으로 적힌
한계령의 아랫도리
더욱 깊어 밤을 기다리게 한다
한계령을 업은
내설악
아득하여 눈물 나듯 아름다워라

모처럼 푸르른 서울 하늘

모처럼 푸르른 서울 하늘이
언제였던가?
아까시 향기가 아침을 깨우는
비 온 뒤 신혼 같은 서울 모습
영원히 보고 싶어라
하늘 아래 기쁨 하나로 살고 싶어라
오늘 같은 날이면 절망마저 빛나 보이는
풍경 아래 희망을 노래하자
모처럼 푸르른 하늘 아래
내부 수리를 하자
마음의 어둠을 다 씻어내고
서로에의 미움을 긁어내고
오감을 녹슬게 한
불감의 먼지를 털어내자
어서 빨리 사대문 앞에
'내부 수리 중'이란 팻말을 달자
더 이상 부끄러움에 안겨
미안해라고 말하지 말자
지금 당장 저 푸르른 순리의 하늘을
예방접종하자
모처럼 푸르른 하늘
아직 가야 할 길 멀지만 행복하다
그리운 이에게 전화를 걸고 싶다

물소리

끝나지 않을 거라던
사랑 하나를
남해에 뿌리고
눈물로 돌아오던
낙동강변의 시린 노을빛
그대의 안타까운 떠남은
우리 사랑의 멈춤이 아니라고
피 말리며 거부했던 어제
잠들 수 없는 예민한 그리움은
물소리로 하얗게 일어섭니다
그리움의 야윈 입술을
그대의 빈자리에서 만나는 순간
물소리로 승인되고
나는 조심스레 빈 의자 하나 마련하는
그대 옷매무새 여미며 달려오는
시어와 닮은꼴이던
밤에서 가슴으로 이어가는
새로운 의미 익히는 물소리여

비 내리는 봄밤에 나는

비 내리는 봄밤에 나는
가슴 시린 글을 쓴다
아픈 온기 같은 어제의 침묵을 쓰고
거짓으로 살아온 욕망 하나를 쓰고
힘없이 누워있는 失鄕石의 눈물을 쓴다
비 내리는 봄밤에 나는
눈이 아주 밝은 글을 쓴다
귀가 잘린 나무에 이어폰을 달아준
따뜻한 햇살의 미담을 쓰고
거둔 것 없는 노동마저 고마워하는
소시민의 건강한 하루를 쓴다
지금까지 슬픔으로 살아온 난
무엇 하나 쓰지 못하고
넉넉한 혼돈에 끌려간다
쓴 글들이 총총히 사라진 하늘에
지금까지 썼던 글이 아무것도 아니라는
음성이 빗소리로 걸려있다
비 내리는 봄밤에 나는
씀으로써 행복했던 옛날의 절망을
고백같이 써야 하는 것일까
안타까운 이 봄밤에 나는 어떻게 써야 하나
숨 막히는 질서 속에 무엇을 쓰고 흘러가야 하나

이태원, 새벽 2시

서울의 무당벌레 같은 이태원
밤이면 새롭게 피워 일회용으로 꺾이는
새벽 2시에 나는 안개처럼 스며들었다
거리의 불빛들은 진한 치장으로 더 요염한 곳
낮이면 규격화된 피로에 갇혀 자다가
어둠이 적당히 풀어지고 활보할 때
젊음들이 봇물처럼 터져 나와
시대의 절실함과 사랑을 쉽게 버린 후
피 몇 점 남기고 어디론가 사라진다
돌아가 주세요 가장 낮게
데려가 주세요
어둠 익혀 희망 풀어내는
그리운 어머니의 자궁으로
국적 혼미한 이름이 밑바닥에 뒹굴고
젊음 같지 않은 젊음이 부대끼며
끼어들기 바쁜 슬픈 무대 위에서
간신히 버틴 언어의 유산을 경험했다
차마 마감할 수 없다던 이태원의 밤도
유혹의 셔터를 내리며 눈을 감는다
새벽 다섯 시
이태원은 미친 듯이 돌아가는데
어느 누구 하나
옐로우카드를 내보이지 않았다

변용을 위하여

빛이 무너지고
바람이 거꾸로 무너지고
감각마저 분해되어 무너진다
무너짐이 아름다운 오월 하오
의문 부호 밖에 웅크리고 앉은
내 허상의 언어여
후회의 나이가 되어
빛을 쓰다듬는 물방울 속 무지개
일곱 빛깔의 기하학적 움직임이 보인다
도시가 무너지고
도시인의 사고가 무너지고
마지막 버티고 선 혼의 交感이 무너진다
무너짐이 황홀하게 두려운 밤
벽에 걸려 더욱 살아나는 그림
흰 말을 탄 샤갈의 女子가 된다
女子의 알 수 없는 웃음이 된다
우연에서 운명이 된 사랑이 된다
샤갈의 눈
샤갈의 염소
샤갈의 영혼
빛의 홀연한 무너짐이여

제비뽑기

건널목 여기저기서
아침을 정리하고 온
부스스한 바람들이 모여
제비뽑기가 시작된다

포기하고 돌아서는
마음 끝에 붙잡힌
혹시나 하는 미련

제비뽑고
몇 초의 행복한 기대
펼치는 순간
'꽝'
역시나~~

날아가는 그리움
일회용 반짝 사랑

'덮어쓸까요'
'아니요'

가슴 파고드는 마우스
다음에 또!

제10부

숨은 그림 찾기

숨은 그림 찾기 1

돋보기를 동원해도
끝내 찾을 수 없다
등록된 것이 아니라
불법이라고
매서운 겨울바람은
혀를 끌끌 찼다
원천봉쇄로 맞서는 궁색한 변명 하나
단번에 끝남을 알린다
이의제기를 받아들일 수 없다며
어서 떠나라 한다
일방통행이다
하늘에선 잿빛 비가 내리고
뿌연 연기가 희망을 가린다

찾지 못한 그림들 두고
언젠가 다시 찾기 위해 돌아선다

그 속에 무슨 부정이 있기에
떠나라 할까
아직 유효기간이 남았는데

촛불 하나
끝내 남아 어둠을 태우고 있다

숨은 그림 찾기 2

이제
막 깨어나 눈 비비고 오는군
의심에 가려진 새벽
어둠과 내통한 억압 뒤
아침이 있네
저기 발목 잡는 노래는 뭘까?
간신히 일어서는 신음하는 평화야
속 타버린 자유 같아
맨발인 채 몇 날을 찾아다녀도
마지막 하나 찾을 수 없네
널뛰기하는 절망 뒤
언뜻언뜻 보이는 저건 뭔가?
혼자 떠날 수 없다던
어머니야
사랑이야

포크레인 한 대가
시커먼 입을 벌리고 있네
公倫 받지 않는 무허가 그림이라고
겨우 찾은 그림들 하나하나 다 숨네
처음으로 돌아가는
삶이란
숨은 그림 찾기

숨은 그림 찾기 3

신문에 활자로 나타난
그리운 이름
오늘은
이대로 미칠 것 같아 마음
어떻게 해
온라인으로 보내볼까
팩시밀리로 보내볼까
아님 위성중계로 할까

답답해
답답해

언제나 그 자리
슬그머니 뒷주머니에
다시 넣는다

지독한 미련
돌아오지 못하는데
오늘도 찾아 나선다

섬 1

날마다 배고픈 새벽에
시한부 사랑 곁에 누워
아침을 기다린다
언제나 차가운 아침은
새벽의 잔등을 밀어내고
그대는 떠난다
일회용 사랑 끝에
목이 쉰 비는 내리고
마지막 남아있던
그리움을 적시고
총총걸음으로 사라진다
날마다 새롭게 안겨드는 그대는

홀로 무너지는 섬
삶의 깊이 속에 헤매는
불혹도 흔들리게 하는
새하얀 유혹

섬 2

잊힌 이름 곁에
식은땀 흘리는 그대
끝날 줄 모르는 잔기침은
절망의 살점을 뜯고
희미한 옛사랑은
어느새
모순의 여과지를 통과해
바다에 이른다
막 물질 끝낸 바다는
그대의 야윈 어깨를 감싸고
단순함을 위해
불편함을 서둘러 지우고 떠난다
또다시
허허로운 일상
그 곁에 신열로
몸져눕는 섬
예민해진 그리운 얼굴
詩

일조권 1

초조한 하루
아주 별것도 아닌
글 한 줄 써놓고
이름 파는 벌거벗은 시간
일손 놓은 지 오래
밑천 들이지 않아
파트타임으로 일하고
흰 수건이 면죄부인 양
먼지 탁탁 털어내고
아무 일 없었다는 듯
집에 돌아와
화장 지우고
대자리 위에 눕는
텅 빈 오후의 햇살

끝없는 침묵으로
비로소
이름값 하는 슬픈 시

일조권 2

하루에도 몇 번씩
죽어가는 가슴은 뒷전
지금보다 큰 밥그릇 갖고 싶어
고함지르는데
어디 지금 보릿고개인가
도무지 받아들이는 게 없다
알몸끼리 뒹구는 공기들
막무가내다
입이 딱 벌어지는 행복한 방관자들
손으로 눈을 가린다
손가락 틈새로 빛이 달려온다
한구석에 웅크리고 있던
미처 옷을 갈아입지 못한
양심 하나가 일어나
고개 숙인다
詩의 허기가 돌아선다

일조권 3

아슬아슬하다
배꼽이 보인 지 오래다
이제
더 보일 게 없나
궁리 중
어느새
깊고 은밀한 곳까지
빛이 들어와
훔쳐보고 있다
더위는 약이 올라
제풀에 기진맥진
스트리킹은 녹슨 단어다
벗을 수 있을 때까지
보이고 싶은
자유로운 구속
바람이 그립다
종일
욱신거리는 관절
비 내릴까 두렵다
아슬아슬하다

건망증 1

분명 예전에 갔는데
의문부호 달린다
전화번호가 기억나지 않고
옆에 있는 사람 이름조차
입안에서만 맴돌고
단어조합이 안되면
막막함은 끝이다
본인만 행복한 치매일까?
건망증일까?
생각하는 나이니 슬프다
기억 못 함을 타박을 주는데
겁이 난다
조용히 생각해보면 나는 기억들
치매는 아니니 고맙다
챙길 게 많고 스트레스 쌓이면
머리에서 여과지에 거르듯
까먹게 하는 방법
반대로 생각하면
긍정적인 트릭이다
잊을 수 있다는 것도
행복이다
살아가는 데 필요하다

건망증 2

용량초과로 다운되느니
잊기 싫어
꼭 간직하고 싶다면
내 머리가 아닌
메모지에 붙잡아두거나
폰에 바로 적는다
꿈속의 좋은 글귀도 적고
모르는 단어도 찾아 적는다
모든 걸 적는 것
머릿속을 비우고 빼는 것이다
쓰지 않은 추억이 증발하듯
기억력에 의존하는 것도
시간이 지나면 다 증발하고
기억의 곳간에 남아있지 않다
기억력 하나는
자신 있음이 옛말이 된 요즘
열심히 꽃 이름을 외우고
자세 낮추어 눈길 한 번 더 주고
접사해서 보고 이름 불러주면
비로소 안기는 들꽃처럼
생각해도 생각 안 날 땐
푹 자고 일어나면 기억난다
모든 게 낯설지만 익숙한 그림이다

꽃샘바람 1

꽃샘바람과 몇 번의 동침을 해야
비로소 봄이 된다
향기로운 봄꽃이 된다
치명적인 사랑이 된다
창밖의 봄은 바람 불어
오던 길 멈춰서 기다리는데
창안의 봄은 박스 안에 몇 개 남은
시든 고구마에서 야무지게 올라온다
맨땅을 비집고 올라온 새싹들이
고개를 갸우뚱거리고
언제부턴가 꽃샘바람 동행 없인
봄 마중은 밋밋하다
낮은 자세로 발길 아래
풀꽃들의 속삭임을
눈동냥 귀동냥으로
눈 밝고 귀 맑은 봄의 노랠 불러야지
작은 틈에서도 비집고 올라오는 봄
마중물 같은 봄맞이
꽃샘바람과 봄은
서로 사랑하고 상처받아야
진정 봄은 아름답게 온다

꽃샘바람 2

또 저문다
가까스로 잠재웠던
그리움이 꿈틀댄다
찬찬히
어둠은 노을을 감싸고
멈춰버린 시간은
언제나 조심스럽다
다시 바람이
설익은 봄밤을 긁어댄다
빠끔히 문 열고
세상 밖 나서던
봄꽃이 위험하다

까불지 마라!

사랑 하나 피우려다
으슬으슬
온몸이 뜨겁다
다시 동침

제11부

흔적 그리고 연민

흔적 그리고 연민

아직도 바람이 무겁게 불어댄다
나무들과 꽃의 안부가 궁금했다
비바람에 시달린 흔적들 도처에 있다
서로 부대껴가며 잡은 손
놓지 않으려 애썼을까?
새순 영글어가는 열매들
안타까이 손을 놓았을까?
슬픔의 잔재들이 발길 가득하다
비바람 차고 춥다고 가던 길 멈추고
집으로 돌아와 따끈한 커피 들고
창밖 바라보며 빨리 지나길 기다렸던
내가 부끄럽고 맘 아프다
아래로 부는 바람만 없다면
모처럼 푸르른 서울 하늘은
눈으로 흘러들어온 시각적 유혹이고
속살 따뜻한 여유다
사람의 손닿지 않는 곳
기꺼이 나서서 삭정이도 걷어주고
지난해 마른 흔적도 털어내고
어떤 날씨에도 버틸 것만 남긴다
거친 비바람은 땅과 물과 나무들을 향한
차가운 변주이고 뜨거운 솎아내기다
시리지만 아름다운 交感이다

발足

함께 바라보지만 모를 거야
따로 또 같이 걷고픈
홀수의 완벽한 슬픔을

잠시 멈춤에만 나란히 하고
짝수의 어설픈 행복도
한걸음 옮기는 순간
지독한 어긋남으로 이어지고

눈먼 체중 가볍게 발끝에 실려야
살아있음이 꼼지락대는데
모를 거야
단 한 번이라도 위로 오르고 싶어
팽팽한 헛발질 해보지만

이내
무게 중심 아래로
휘
  익
떨어지는
짝수 아닌 홀수의
不和 같은 平和

비 내리는 날

비 내리는 밤이면
잠이 곁에 눕지 않아
미칠 것 같았다

낡은 은유의 구절은
불면과 짝이 되어
비에 취해 걸어 다니고

비에 젖어 떨고 있는
꽃의 아픈 언어 하나
자장가를 지운다

내게 거듭되는
의식의 溺死와
순결의 溺死는
잠을 불러 모아

내가 가장 기다림에 잠겼을 때
바다를 내리고
사랑을 내리고 있었다

정전

살아있는 세계가
하나로 무너진다

무너진 틈에
잘려서 허리뿐인 빛이
일직선으로 정돈된다

빙빙 도는 두려움 끝에
혼돈이 빛으로 숨어들고

너무 먼 순간
가슴 드러낸
정적의 거울을 향해

발
사

죽어있던 세계가
여럿으로 일어선다

바람이 불고 비 내리다

드디어 바람 불고
애타던 마음 태우듯
천둥소리 토해내는 하늘
바람이 앞장서서 구름의 거리를
좁히기도 넓히기도 한다
무거워진 비구름 해산 일보 직전이다
심호흡하듯 바람은 불고
더위는 옷깃 여미듯 꼬리를 내린다
비 내리길 기다리는 동안
우산이 역할 못 했던 하루가 저문다

드디어 은폐되었던 비가 내린다
말라버린 풍경이 적시고
말랑말랑 축축해지길 기다린다
비 오는 저녁 비에 취해
잠을 반납해도 멋진 밤이 되리라
선명해지는 추억 곁으로 가고 싶다
비와 바람을 읽는 동안
잠시 놓친 발목까지 젖은 쉼표
오늘 밤은 군말 없이 비에 빠지고 싶다

너무 오래 혼자 있기 싫다

아침 산책

눈을 뜨자마자 양재천으로 간다
부지런한 움직임들이 이슬을 털어낸다
청아한 하늘에 붉은 점 하나 찍힌다
어둠엔 바람이 주인 행세했는데
햇살이 나무들에게 먼저 손을 내민다
빛이 자연에 여백을 남기며 채운다
아침 산책이란 삶의 쉼표 같은 것
그대가 들려주는 사랑 이야기 같은 것
조급한 햇살이 틈마다 촘촘히 발을 디뎠다
힘을 들이지 않고 풀들이 나무들이 살아난다
자연이 들려주는 흔적과 고운 결들이
삶을 치유해주는 것에 고개 숙인다
처음처럼
느리게
느리게
빛이 주인인 곳으로 스며들었다
하늘도 구분되지만 늘 쉼표처럼 편하다
서울의 발 디딜 틈 없는 하루를 지낸 사람들은
자신만의 작은 시간이 귀함을 안다
내겐 아침 산책이 가장 확실한 휴식이다

與猶堂 빗소리

낮은 비 내려
더 고요한 與猶堂
한걸음에 달려온 그리움은
봄바람 난 밤꽃 향기에 부끄러워
산 목련 잎에 얼굴 가리고

뜨락에 먼저 기다리는
茶山의 눈빛은
사뿐사뿐 빗소리와 걷다
밋밋한 詩心에 말을 걸어온다

그 곁에 서서 다산의 말씀에
까치발 한 채 귀 기울이는 풀꽃과 새들은
산그늘에 더위를 씻고

게으른 마음 훔쳐보던
싱싱한 봄기운은 옷깃을 물고
종종걸음으로 따르는데
與猶堂 빗소리에
되짚어갈 수 없는 풍경들이
바짓가랑이 접어 올리고
조붓한 길 밖에 나가 손을 흔든다

물안개

양재천이 손바닥 안인데 물안개는 처음이다
물안개는 두물머리라는 공식이 깨지는 순간
아련한 그리움이 피어오른다
일찍 나오니 물안개를 담는 호사를 누렸다
온도 차가 물안개를 풀어놓고
해 뜨는 쪽의 물안개는 분명한데 주변은 수묵화다
매일 놓쳐버린 풍경들은 얼마나 많을까?
양재천을 사랑한다며 깊은 속내도 못 보고
겉핥기식으로 지나친 게 아닐까?
보이는 풍경과 이면의 풍경들이 모인 양재천인데
뭉뚱그려 봤으니 가슴에 안길 수 없겠지
이른 아침에 둑길로만 다녀 진짜를 놓쳤다
물안개 너머 누구 하나 챙기지 않은
풍경들이 있다
눈 부신 햇살 속에 펼쳐진 놀라움
물안개가 선명한 암시로 다가온다
기다림의 문을 열기 위해 오늘부터
한 걸음씩 나아가야지
그리움이 켜켜이 쌓여 흐르는 물결 위로
물안개는 내일도 피어오르겠지
먼 길을 돌아 만나고 알았으니

진정되지 않는 하루가 될 것 같다

보이는 게 다가 아냐

바람은 사진에 찍히지 않으니까
사진을 보면 평화롭다
사거리에 걸린
신호등이 춤추듯 휘청거린다
간판이 심하게 흔들려 덮칠 것 같아
도망가다시피 종종걸음쳤는데
5월의 이 바람은 대체 뭐지?
바람 기세는 꺾일 줄 모르고
사진으로 보이는 게 다가 아닌
바람 부는 서울 거리
이팝나무 꽃이 잘 버틴 것 같다
한 시간 일찍 집을 나섰는데
제시간에 맞춰갈지 마음은 급한데
아직 다리를 건너지 못하고 있다
바람 불어 좋은 날이 아니다
차창 가로 들어오는
눈 부신 햇살만이 바람보다 좋다
오늘따라 버스는 더디고 또한 느리다
마음이 급해서 더 그렇다
아! 환장하게 높고 푸르른 하늘은
끝낼 줄 모르는
바람의 속내를 알까?

별리

지난여름
말간 영혼 다 내놓고
먼 길 떠난 그대
땅속에서 긴 약속 짧은 맹세
먼저 벗어 놓고
빈껍데기로 남아
뭘 기다리고 있는지
박제된 그리움 한 자락 품고
그대에게 가는 길
꽃 피고 새 울고
잎이 하늘 가릴 쯤
만날 수 있을까
주름진 추억들도
사랑 소리 가득 머금은
시간 사이
마음 건너지 못했던
마지막 길 떠나고
한없이 낮아져
모습도 없어지겠지

잘 가라
7년의 기다림과 함께

봄날의 타이밍

봄날의 타이밍 찾으며
눈치 보던 봉오리들이
햇살이 무너진 자리마다
무더기로 터지고
사람들의 마음은
봄꽃에게 저당 잡힌다
매시간 다른 풍경
지나던 걸음을 멈추게 한다
봄날에는 눈을 한곳에 둘 수 없다
서로 봐달라고 안아달라고 난리다
꽃 보러 멀리 가는 건 바보짓이다
집 근처에서 풀꽃들과 동행하는 기쁨
여러 풀꽃들이 바짓가랑이 잡고 졸졸 따른다
물가에 걸터앉아 물소리에 잠시 마음 내려놓고
물속에 잠긴 봄꽃에 젖어본다
봄꽃이 아름다운 건
잎이 양보한 덕이다
하루가 다른 봄꽃의 타이밍
지켜보며 가슴 쿵쿵거릴 일이다

봄날은 가겠지

온통 꽃들 세상이다
화사하게 밝힐 벚꽃은
개봉박두!
개나리가 쏟아져 내리고
꽃들을 보니
요새 말로 심쿵
이런 화사한 봄날
꽃향기 밀려와
마음이 심하게 흔들린들
죄가 될 수 있을까?
꽃망울 탱탱
부풀어 올라
세상 밖으로
얼굴 내밀어도
잠깐
우수수 떨어지는 봄
꿈결이듯
새잎 수군대는 소리
지나

봄날은 가겠지

봄날은

얼굴 돌리는 바람이다
바람은 그리움을 눈 뜨게 한다
여기저기 단장을 하고 나타난
꽃들의 손짓
봄날의 바람은 어머니다
모든 걸 안아주고 감싸서
생기를 돌게 하니까

바람 부는 봄날이 싫지만
바람으로 봄날이 환해지니까
봄날이 싱그러워지니까
이제 막 풀어지는
수채화 같은 봄날은
눈이 즐겁고 마음이 즐겁다
봄날이 좋다
풀 향기 가득한
녹차 한 잔 마시며 아침을 연다

봄날은
간이역처럼 스쳐 지나는
미완의 그리움이다
바람으로 완성되는 고백이다

봄비

제발
제발
그러지 마
숨소리마저 속으로 삼키며
다녀갔니?
아직 소리 내어 알리긴
조심스러운 거야
또 꽃샘추위 불러올까 봐
방울방울 매달린 빗방울에
근심 보인다
걱정 마라
저 꽃샘
몇 번 뒹굴고 나면
힘 빠지는 건 순간이야
내다 버리지 않는 것도
감지덕지
못 본 척하고 기다리면
그냥 와도 될 거야
애틋한 기다림 끝에
너의 목소리가 들려
꽃샘추위 관통하는
봄날의 옹알이

제12부

꽃을 읽다

꽃마리

잊은 줄 알았어
그대와 헤어진 후
안부 궁금해 몸살 앓았지
야멸친 바람이 몸 바꿀 때마다
보고 싶다는 말이 부풀어 올라
목젖까지 차오르던 봄날
지나는 햇살에 잠시 쉬며
들뜬 마음 내려놓자
비로소 안기는 그대
오랜 눈 맞춤에도 언제나 흐린 건
맘이 흔들리기 때문이야
천천히 눈 속으로 그댈 들이고
꽃줄기 따라가면
비로소 똬리로 감긴 그대 모습
사랑하고 사랑하니 다 보이네
빛나는 봄날 지나 우르르 피고 지며
다정도 깊어 가는데
눈 맞출 수 없어
마음에 들일 수도 없어

'나를 잊지 마세요'

산국

산책길에 바람이 스칠 때마다
가슴에 안기는 진한 향기
따라가 보니 산국 피었다

겨울의 길목인데
채 열지 못한 꽃망울들이
앞다투어 피고
향기 채집은 할 수 없어
누가 볼 새라 가지 꺾어
작은 컵에 담아 식탁에 두니
향기 그윽하다

뒹구는 가을 잔영을 쓸어 모은
눈물겨운 가을 향기가
떨림으로 다가오는
아픈 가을 오후
어깨를 빌려주고
나도 덩달아 쉬고 싶다

누군가 살며시 다녀간 것처럼
몰래 향기 배달해야지
'흉내'는 금물
지금 그대로가 최고다

코스모스

청아한 바람이 분다
바람결에 들려오는 기별
나의 끝낼 수 없는
홑 사랑이 흔들린다
세월에 얼굴 파묻은
옛사랑
눈에 밟히고
마침내
가을이 되는 꽃이다
여름 떠난 길에
남겨두었던 추억들이
조금씩 야위어가고
이젠 아무렇지도 않다
햇살은 꽃잎을 빠져나와
가슴 저리는 사랑을 고백하는
빗장 푼 오후
'순정'에 취한 담담한 바람 사이로
그리움이 속도를 낸다

꽃다지

아침에 만난
이름도 예쁜 꽃다지
땅에 납작 엎드려
겨울을 나고
냉이에 밀려
눈길 받지 못해도
봄을 먼저 여는 그대
솜털 보송보송한 몸으로
햇살 가득 안고
손 내밀어 보지만
모두들 무심히 스쳐 간다
하얀 냉이꽃 사이
노란 봄 웃음으로
무리 지어 왔다
봄 앞에 겨울도 힘을 빼듯
살며시 피어나고
꽃샘추위도 보란 듯
화사한 봄으로 온다
민초들의 아우성 같은 꽃
봄 햇살에 마음 찔리면
비로소 돌아보는

'무관심'은 이제 그만!

누리장나무

바람 한 점 없는
여름날 깊은 산 속
바람의 흐름이 정지된 곳
땀범벅이 된 쓰라린 눈 속에
뛰어든 꽃 무더기
멈춘 발걸음 사이
냄새 한 번 고약한데
꽃을 보는 순간
한없이 늘어지고 싶은
행복감이 밀려온다
내려올 길을 왜 힘들게 올라가는지
투덜대는 목소리가 잠겨 든다
백지 같이 쌓이는 시간 안에서
꽃을 올리고 여백을 채운다
가을에 선보일 보석 같은 열매
조금씩 알아 가면 사랑하게 되는
이치를 그린다
서서히 두터워지고 진득해지고
윤기 나는 '깨끗한 사랑'이다
사랑하게 되면 궂은 냄새도 사랑이 된다

개양귀비

바람에 나긋나긋
저 자태 좀 봐
눈빛만 봐도
다 빠져들 거야
스쳐 지나다가
꽃술에 뛰어드는 바람
아찔하다
애절한 눈빛이
예사롭지 않다
저 눈빛으로 애첩이 되어
꽃으로 피어났을까?
화려함 뒤에
감춰진 덧없는 사랑
어쩌자고
그대 가슴에
스며드는 걸까?
어쩌자고
또
허튼 몸짓 보낼까?
그리움은 속절없는데
어쩌자고

능소화

담 너머 목 빼고 기다리는 일상
지칠 법도 한데
입술 깨물며 버티는 그리움은 독이다
종일 비가 내리고 파란 하늘이 싫어도
멈출 수 없는 천형의 기다림은
처연하게 뒹군다

첫사랑과 이별은 한 몸이다
사랑의 대가는 긴 기다림
단 한 번 사랑 후
찾아오지 않는 그대를 위해
그리움은 타래로 달려있다
깊이를 알 수 없는
헛된 통곡은 언제 끝날까
뜨거워지는 가슴은 타들어 가고
한숨 끝에 시간만 무심하다

삶에 배인 그대의 향기는
한순간 터져 나와 정신을 잃게 한다
바닥이 없는 그리움은 예보가 없다
더 이상 기억나질 않아
습관처럼 기다리며 한여름을 넘긴다

광대나물 꽃

수군대는 봄바람 사이
더는 낮을 수 없어
지나는 인기척에
털 보송한 모습으로
까치발도 모자라
긴 꽃술 내밀어
나를 외쳐본들 누가 알까?
기다림은 굳어진 채
부풀어 오른 그리움을
속으로 삼키며
풍경 밖으로 비켜 서 보지만
찰랑찰랑 넘치는
딱 그만큼의 사랑
한 움큼 손끝으로 빠져나와
부질없던 겨울 끝물
그리운 봄에 시선 꽂히고
꽃이 광대 닮았다고 붙인 이름
서로 끌어안고 애태우며
한데 모여 피어야
겨우 이름 내미는
너는
'봄맞이' 담당하는 삐에로

로즈마리

로즈마리가 햇살을 받고 있다
작지만 큰 향기
손길 닿아야
향기 만날 수 있다
손길 스치고 나면
비로소
손 안 가득
가슴 가득
사랑이 되는
온기 미치도록 그리운
로즈마리

'나를 기억하세요'

오늘도 종일
사무친 그대에게
향기로 가며
돌아올 길을
지우며
그대 숨결에 젖어든다

개미자리

언제나 필까?
발걸음 옮길 때마다 조심스럽다
가장 낮은 자세로
밟힐수록 보란 듯
당당하게 얼굴 내밀고
쪼그리고 앉아 허리 낮추고
겸손하게 봐야 웃으며
깨알 같은 몸짓 보여주는 꽃
봄비 내려
목말랐던 시간이 지나고
보도블록 틈에 뿌리 내려
넓은 들판을 꿈꾸기나 할까?
현실에 순응하며
가끔 바람 타고
폭신한 흙에 묻혀
편하게 뿌리내리면
키가 더 커질까?
꽃이 더 커질까?
궁금하다

'나는 당신의 것'
그대에게 밟혀도 좋아
지금 이대로도 좋아

안개꽃

꿈처럼 달려온 봄바람 너머
안개꽃 다발로 서 있는 여자
눈가에 작은 기쁨들이 반짝인다
마음을 뺏기는 순간 여자는 간데없고
핏기없는 안개꽃만 나에게 안겨든다

그 다발 속에
눈물 나는 그대 이름이 숨어 있다
그대 잊은 부끄러움이
현기증으로 촘촘히 박힌다

그리운 이름 안고 돌아온 밤
숨결 하나
추억 하나 지키는
벽에 걸어두자

말라 죽어
비로소
生氣가 도는 꽃,
추억에서 빠져나와
몸 풀 자리를 찾는
그 눈이 아름답다

국화

노란 가을 장만하여 식탁 위
향기 가득하다
나비 떼 같은 저 많은 꽃송이
다 피지 못하고 상처로 남을까 두렵다
두려운 건 아직 다가오지 않았으니
지금 이 순간 핀 꽃들에게 인사하자
가을바람과 온 귀한 손님이니
찬란한 슬픔도 사랑하자
가을빛 풀어
그대 그리는 마음 내려놓는다
가을은 익어간다
시간을 더하니 모두들 얼굴 내밀기 바쁘다
이제는 거울 앞에 선
내 누이 같은 꽃이라는 시구처럼
시간이 갈수록 분명해지는 원숙미
바로 생기이다
가을이 깊어질수록
더 깊어지는 눈빛
한 번도 마주치지 않은 것처럼
또 다른 오늘을 위한 숨고르기
노란 가을 향기
내게 다가온 인연 찾기

멍석딸기

산딸기가 바른 이름 아닌 걸
오늘에야 알았다
해마다 6월이면
추억을 따먹듯 딸기를 따서
입안 가득 즐거움을 먹었다
오랫동안 엉터리로 불렀구나
멍석처럼 낮게 퍼져 쏟아져 내린다고
멍석딸기다
꽃이 피고 지는 것보다
입을 즐겁게 해주는 열매만 좋았다
마음먹고 가까이 보니 꽃 만두처럼 예쁘다
사랑스런 눈길 속으로 안긴다
산딸기라 부르며 나이를 먹었겠지
이제 산속의 흰색 꽃이 산딸기라 기억하자
잠시 추억 속으로 들어가 본다
멍석딸기 따 먹으려다
손등과 팔 위로 가시에 할퀸 빨간 자국이
오늘따라 더 또렷해진다
이제 막 불러준 이름처럼

나를 함부로 대하지 말고
'존중'하지 않으면
가시 세울 태세다

미국 쑥부쟁이

미국산은 크기로 승부하는데
미국 쑥부쟁이 꽃은
작고 야무지다
내가 아는 아련한 추억 속에
웅크린 쑥부쟁이 꽃이 아니다
미국 쑥부쟁이 멀리서 보면
안개꽃 더미 같다
지난가을 길목에서
목 빼고 귀 열어 놓고
바람에 맡기며 피웠던 꽃
아직도 누굴 기다리는지
물기 다 짜내버린 모습으로
온전히 남아있다
봄이 왔는데
바스러지는 그리움
속으로 삭이며 서글픈 눈길 던진다
이만하면 됐어
그 기다림 알아줄게
이제 새털 같은 몸 거두고
다시 태어나 봄날에 동참해야지

'그리움과 기다림'은 평행선
뿌리내리고 살면 다 고향이란다

물봉선

계곡 가는 길목에서
가을 길을 앞장서서 안내하고
가을 기운 퍼지면 대롱대롱 매달려
꽃 속의 점들은 유혹이다
꽃부리 끝에 말린 곳에
꿀들은 다 어쩌랴

바로 사랑하기엔 두렵고
모른 척 지나기엔 안쓰럽고
그리운 마음은 상처로 남는다
물소리 담긴 바람에 흔들리고
조용한 사랑 꿈꾸는 그대는
쉼표가 있는 가을 문턱의
청정을 알리는 주인공이다
끝내 내려놓지 못하는
첫사랑의 설렘이다

손대면 아찔하다
몰래 다녀간 슬픈 흔적
이제 봄을 기다린다

Touch me not!

사철나무

손길 가지 않아도 묵묵히 자라는
사철 푸른 나무다
단풍나무에 묻혀 와
그대로 화단을 지키고 있다
꽃이 피는 걸 봄 끝물에 알았다
눈에 띄지 않는 연녹색 꽃
다소곳하니
늘 관심 밖이다
무슨 꽃이든 꽃은 다 예쁘다
겨울에 4등분으로 벌어지는
주홍빛 열매가 꽃보다 아름답다
그대와 나 그리고 모두
이 나무처럼 변함없이 한결같다면
삶은 아름답고 고단하지 않을 텐데
소박한 꽃을 보며
이름 기억하기 전에
새어버린 그리움을 생각한다
푸른 웃음이 오래 뜸 들인
시의 행간에
작은 풍경으로 박힌다
'어리석음을 아는' 지혜의 나무다

아까시 나무

끝물인 봄꽃들 뒤로
연초록 잎들에게 반할 즈음
눈치 보며 기지개를 켠다
늦은 만큼 커가는 속도 빠르다
봄꽃들은 잎보다 꽃인데
잎 먼저 내놓고
사이사이 등불을 내다건다
초록 바람에 향기 싣고 오월을 휘감는다
미운털 박히고 잘리던 슬픈 오해는
아찔한 향기로 흩어진다
봄꽃 진 자리
버림받지 않기 위한
하얀 몸부림
살아남기 위한 틈새 공략이다
향기를 팔아
간신히 버티며 봄날을 넘긴다
쪽쪽 빨아대던 벌들을 미치게 하며
내일을 기약해본다
사랑은 아직도 너무 멀어
'품위' 지키며
당당히 쉬고 싶다
꿈일까?

시 쓰기와 자연과 삶에 대한
사랑의 변증법적 탐색

박정근 ● 대진대 교수, 월더니스 문학 주간

1. 시를 찾아나서는 순례의 길

시란 시인에게 무엇이기에 아무런 보상도 없는 행위를 마치 아이들이 성년식을 치르듯이 고통스럽게 치르는 것일까. 인간 사회는 겨우 사춘기에 지나지 않는 소년들에게 의도적인 시련을 주어 사회의 성숙한 일원으로 자라도록 성년식이란 의식을 치른다. 시인은 한 권의 시집을 내거나 한 편의 시를 쓰기 위해 한바탕의 신고를 치르지 않으면 안 된다. 소년이 성년으로 발돋움하기 위해 한동안의 시련이 필요하다면 문학 지망생이 시인으로 태어나기 위해서 못지않은 고통스런 과정이 필요하다는 것을 의미한다. 오행순은 젊은 시절부터 오랫동안 시를 써왔으면서 자신의 시집을 내는 순간을 기다리며 시인으로서 정체성을 찾고자 순례의 길을 걸어왔다. 하지만 시 쓰기라는 순례의 길은 만만치 않다. 왜냐하면 시인 앞에 놓여있는 그 길은 무한대에 가까운 광활한 시공간이기 때문이다. 시 쓰기의 시공간은 영원일 수 있고, 하늘이나 광야일 수 있다. 그것의 광대한 시공간은 시인으로 하여금 끝없는 방황에서 벗어나지 못하게 한다. 시인이 스스로 선택한 길이 멀고 험하다면 왜 그들은 그 길을 자초한 것일까. 그것은 시인의 운명이라고 볼 수 있다. 어느 누구도 떠밀지 않은 순례의 길을 떠나는 것은 그렇지 않으면 자신의 삶이 무의미하다는 인식에서 기인한다. 그래서 시인은 시인의 마을 찾아 남몰래 어두침침한 새벽길을 나서는 것이다.

오행순은 시를 찾아 나서는 그 순례의 길에서 완전한 시인이 된다는 것이 불가능에 가깝다는 것을 깨닫는다. 이토록 너른 시공간에서 깊이 숨어있는 올바른 시어 하나를 발견한다는 것은 바닷가 모래밭에서 특정한 모래알을 하나 찾는 것과 유사하다. 목표로 하는 시어를 찾아가는 지도는 처음부터 존재하지도 않으며 그것과 유사한 것들이 시인의 눈을 현혹하며 손짓한다. 시를 쓰려는 반복된 시도에도 불구하고 깨닫는 것은 시 같지만 시가 아니라는 절망적인 상황이다. 오행순은 이런 아이러닉한 상황을 "지금까지 슬픔으로 살아온 난/ 무엇 하나 쓰지 못하고/ 넉넉한 혼돈에 끌려간다/ 쓴 글들이 총총히 사라진 하늘에/ 지금까지 썼던 글이 아무 것도 아니라는/ 음성이 빗소리로 걸려있다"(「비 내리는 봄밤에 나는」 부분)이라고 노래한다. 하지만 시인은 무한대적 시공간에서 시의 완성을 위한 시어 찾기를 포기하지 않는다. 그녀가 탐색의 대상으로 삼고 있는 것은 자연이 될 수 있고, 우주가 될 수도 있다. 뿐만 아니라 시인이 살아가야 할 크고 작은 일상일 수도 있고 보이지 않는 철학적 또는 영적 공간일 수도 있다. 우선 그에게 가장 쉽게 다가오는 것은 가깝고 가시적인 자연이다. 하지만 자연을 그저 사진을 찍듯이 그대로 묘사한다고 해서 시가 되는 것은 아니다. 오행순은 가까이 가면 항상 맑은 소리를 노래 불러주는 물소리의 청각적 이미지에서 새로운 의미를 찾고자 한다. 물소리는 자연이 들려주는 미학적인 요소로 항상 변화하고 움직인다. 어느 한 순간을 포착해서 의미를 부여하는 것이 쉽지 않다. 시인은 "나는 조심스레 빈 의자 하나 마련하는/ 그대 옷매무새 여미며 달려오는/ 시어와 닮은꼴이던/ 밤에서 가슴으로 이어가는/ 새로운 의미 익히는 물소리여"(「물소리」 부분)라고 노래하기에 이른다. 그녀는 흐르는 물을 응시하며 밤새워 물소리에 귀를 기울인 후에야 물소리가 주는 하나의 의미를 지날 수 있다는 것을 깨달을 수 있다.

사실 '시어 찾기'와 '시 쓰기' 순례에서 시인에게 가장 쉽고도 고통스러운 오브제는 일상이다. 일상은 시인을 둘러싸고 있는 매일의 삶으로 항상 같은 모습으로 다가온다. 아침에 잠에서 깨어 삼시 세끼 식사를 하고 비슷비슷한 생활을 반복하고 피곤에 절은 채 어둠이 밀려오면 잠이 든다. 아름다운 것도 특별한 것이 아니다. 가까운 공원을 찾아 산책을 해도 유사한 현상들이 시각적으로 또는 청각적으로 밀려왔다가 밀려간다. 아무리 아름다워도 유사한 것들의 행진은 우리의 감각을 무디게 하고 질리게 만든다. 그것들이 특별한 느낌으로 다가오지 않는 것이다. 특히 자본주의와 상업주의로 둘러싸인 한국 사회의 경우

시민들의 삶이 물신화되어 자연이나 낭만, 철학적 사고나 영적 고뇌 등과 극단적으로 결별하고 있다. 시민들의 일상은 시나 그림, 음악과 같은 미학적 장르와도 거리를 두고 속물적인 욕망을 충족하고자 애쓴다. 그야말로 세속도시 속에 속물화된 인간들이 마치 로봇처럼 기계적으로 거리를 누빈다. 오행순은 세속도시에 갇힌 채 자신의 시심을 발동시키는 것이 거의 불가능하다는 것을 인식한다.

> 읽을 수가 없다
> 읽을 수가 없다
> 낮게 내려앉은 하늘 아래서
> 빛을 거둔 어둠 아래서
> 시가 시 같지 않은 어긋난 일상에서
> 바람마저 무너져 공해가 되는 이 도시에서
>   (「읽는다, 그러나 읽을 수가 없다」 부분)

이렇게 비문학적인 분위기에 놓여있지만 시인은 신열을 앓고 출발한 시 쓰기 순례를 멈출 수 없다. 오랜 시간 속으로만 간직했던 시들을 세상에 토해내야만 가슴의 멍이 치유되기 때문이다. 그러나 마음을 급하게 먹는다고 해서 시작의 매듭이 풀리는 것이 아니다. 다가설수록 물러가는 것이 시심의 물결이다. 그는 이러한 아이러닉한 상황을 "글은 속만 태우고 덥석 안기지 않는다/ 하루 이틀 사흘 더디 가던 시간이/ 글을 선보일 때는 빨리도 간다/ 마감은 코앞인데 첫발 내딛기가 두렵다"(「글을 쓴다는 거」 부분)라고 토로하고 있다. 이와 같은 시와 사회의 모순적 관계 속에서 오행순의 순례의 길은 여전히 불투명할 뿐이다.

시인에게 시상이나 시어의 발견은 유목인들이 사막에서 오아시스를 만나는 것과 유사하다. 시인이 살아가고 있는 세속도시는 시인에게는 사막처럼 휴머니티가 고갈된 곳으로 인식된다. 아무리 사방을 둘러보아도 시인의 시적 갈증을 풀어줄 시적 오아시스가 보이지 않는다. 사람들은 많은데 휴머니티의 결핍으로 시인은 문전박대를 당하기 일쑤이다. 거리나 골목마다 번쩍거리는 네온사인은 즐비하게 서있지만 시인이 막걸리 한 사발 조용히 들이키며 시상을 정리할 조촐한 주막은 보이지 않는다. 젊은이들이 알아들을 수 없을 정도로 지껄이며 불러대는 랩송은 떠들썩해도 그들의 손에서 시집은 펼쳐지지 않는다. 이 풍족한 시대에 온갖 술이며 음료가 넘쳐나는 세속의 도시에서 갈증을 느끼는 시인은 과연 어떤 존재인가. 이 순례의 길에서 오행순의 뇌리에서 사라지지 않는 질문이 있다. 왜 시인에게 젊은이들이 열정을 발산하며 섹시한 노래들처럼 그들이 쓰는 시가 가슴에 안기지 않을까? 왜 시는 속물화된 시민들을 감싸 안고 녹여줄 수 없는 것인가? 아직 본격적인 시의 순례는 시작도 안 했는데 목구멍은 갈증으로 타오른다. 만약에 어느 곳에 시적 또는 인문학적 갈증을 풀어줄 시의 샘이 있다면 달려가 그 물을 한 사발 퍼서 시원스럽게 마시고 싶은 것이 시인의 소망인 것이다.

왜 노래처럼 글은 안기지 않을까?
빈 여백이 손 글씨로 가득하길 기대하는데
기대로 머문다
시간은 없는데 매일 매일 애태우게 한다
그대 향한 사랑은 아직 시작도 못 했는데

내겐 언제나 커다란 갈증이다
내가 원하는 곳에 내려 갓 퍼 올린 물 한 사발
벌컥벌컥 마시고 오랜 갈증 지우고 싶다

(「갈증」 부분)

오행순이 이토록 시에 매달리는 이유는 무엇일까. 세상은 자꾸만 바뀌어가고 어린 시절부터 꿈꾸던 삶의 모습은 눈을 씻고 찾아봐도 보이지 않는다. 이미 지나온 시간의 터널은 유턴이 불가능한 직선도로이다. 그녀에게 지나쳐버려 그리움으로 남아있는 것들을 불러일으킬 수 있는 유일한 행로는 시이다. 그녀는 많은 시를 읽고 쓰면서 언젠가 자신도 시인의 마을에 진입하고 싶었다. 아니면 자신이 직접 시인의 마을을 건설하고 싶었다. 그 속에서라면 그녀가 꿈꾸었던 아이들의 순수와 해맑음, 그리고 나무 사이로 비치는 햇빛의 영롱함과 바람결에 들려오는 아름다운 노래들을 마음껏 즐길 수 있으리라. 하지만 시인은 어느 순간 시가 고갈되어가는 세속도시에 너무 오래 머무르고 있는 것을 깨닫고 화들짝 놀란다. 자신이 전혀 어울리지 않고 겉돌고 있는 이곳에서 빨리 빠져나가야 하지만 그녀가 시인의 마을로 갈 수 있는 길은 오리무중이다. 그녀는 그저 책꽂이에 먼지만 날리고 있는 옛 시집을 꺼내 상상의 나래를 편다. 시인은 상상 속에서 펼쳐지는 세계야말로 세속도시의 경계를 훌쩍 뛰어넘을 수 있는 마력이 있음을 믿는다. 시인은 현실에서 만날 수 없어서 상실된 세계를 재현하고자 하지만, 눈을 뜨면 또다시 세속도시에 갇혀있음을 재확인할 수밖에 없다. 시인은 환상과 현실의 게임을 끊임없이 펼쳐나가야 한다. 이 과정에서 그녀는 젊

은 날의 초상과 실제로 만나고자 하지만 실패하고 노스탤
지어만 남아있음을 고백한다. 그녀는 나직하게 "영혼은 아
이처럼 해맑았고/ 꿈꾸는 것도 많았지/ 너로 인해 아름다
웠던 시간들/ 너로 인해 빛났던 시간이 있었는데/ 너무 많
이 지나왔어/ 결코 너에게 돌아갈 수 없으니"(「너에게」 부
분)라고 읊조리지 않을 수 없는 것이다.

　　시인은 굳이 잃어버린 낙원을 현실에서 구축할 필요
가 없다. 그녀가 현실보다 더 매력적인 시인의 마을을 시
속에서 건설할 수 있다면 더 완벽하게 재현할 수 있다고
본다. 시인이 시인의 마을을 창조하기 위해서는 치열한 시
어와 시상의 획득을 위한 단단한 훈련이 필요하다. 세속적
인 욕망과는 단절된 평정심 속에서 꽉 채우기보다는 모자
란 듯 남기는 여백의 마음을 즐긴다. 그녀는 그것이 그림
이든 시든 무엇을 성취하기 위한 도구로서가 아니라 마음
을 다스리는 수도자다운 겸손을 가지고자 한다. 이제 오행
순은 가슴 속에 간직해온 시심과 시어들을 세상 사람들과
공유하고자 한다. 시의 탄생은 마치 신생아의 그것처럼 순
탄하지만은 않다. 사람이 자신의 정체성을 가지기 위해서
는 많은 세월의 시련이 필요하듯이 시인이 자신의 이름을
걸고 시를 세상에 내놓을 때는 고통스러운 시작의 훈련과
용기가 필요하다. 시인은 자신의 시의 출산에 대해서 "하
루가 다르게 단단해지는 그림을 보며/ 무턱대고 써 내려갔
던 글을 향해/ 읽고 또 읽으며 고치고 지워본다/ 이제 이름
표 달고 세상 밖으로 나올/ 글이 헛되지 않았음을 보여줄
때인데/ 용기가 필요하다"(「그림과 글」 부분)라고 토로한
다. 시인은 시를 세상에 내놓음으로써 작은 의미를 만들고

자 한다.

오행순은 시어에 대한 관심이 지대하다. 시의 기본 단위가 시어이고 이 시어가 모여서 한 편의 시를 만들기 때문이다. 시인은 시어의 조작을 통해서 이미지, 상징, 은유 그리고 여러 수식법을 조율해내야 하고, 또한 그를 통해서 세상에 유의미한 메시지를 전달해야 하는 선지자의 역할을 해야 한다. 그래서 시어는 일상적인 언어와는 다른 깊이와 품격을 지녀야 한다. 시인은 무수한 언어에 대한 실험을 통해서 자신만의 색깔이 있는 시어를 획득할 수 있다. 오행순은 매우 여성적인 감수성으로 자신의 시어 획득 과정을 시에 적고 있다.

발랄한 언어
지독한 언어
부드러운 언어
격정의 언어
예의 바른 언어
다 섞어 흔들면
무슨 색의 언어들이
투명한 잔에
시를 만들까
시의 칵테일은 어떤 맛일까?

(「언어 칵테일」 부분)

하지만 시가 오직 언어의 조작이라면 시인이 원하는 의미를 세상에 전달할 수 있겠는가. 시가 단지 탐미적인 언어의 유희에 머무른다면 오염된 세상을 바꿀 수 있는 선지

자적 메시지를 전달할 수 있겠는가. 언어의 유희는 시인들이 자칫 빠지기 쉬운 데카당트적 유혹이 아닐 수 없다. 오행순은 분명 여성시인들이 보여주는 감수성에 의지하는 언어의 작위에 유혹을 받았겠지만 이를 극복하기 위해서 노력한 흔적이 드러난다. 오행순은 소위 시인이라는 존재가 자신의 감상에 빠져서 시를 쓰는 제스처를 써서는 안 된다는 인식을 분명히 가지고 있다. 그녀는 시작이 단순한 감정의 감상적 배출이나 탐미적 작위가 되어서는 안 된다는 인식을 가진다. 시인은 이러한 시인으로서의 자기 검열을 "사는 게 어쩜 아침노을 사진 몇 컷처럼/ 필요한 것만 찍거나 스캔한 후/ 글 몇 자 예의상 끼적거리고 돌아서며/ 잊히는지 모르겠다/ 그리곤 또 기다리겠지/ 아니 새로운 의미를 찾는 도전이겠지"(「아침노을을 보며」 부분)라고 의식의 반전을 보여준다. 이러한 시인으로서 의식의 도전과 도약은 시를 찾아가는 시인의 순례 길에 필수적인 과정이라고 할 수 있을 것이다.

2. 시인으로서 정체성과 사명감

시인은 무엇을 하는 존재인가. 플라톤이 주장했듯이 시인은 범인들보다 천부적으로 민감한 감수성을 지니고 있다. 그는 시인을 각고의 훈련이 아닌 영감에 의존하여 시적 재능을 보여주는 비이성적인 존재로 인식하고 공화국에서 축출되어야 한다는 부정적인 평가를 내린 바 있다. 하지만 역설적으로 말한다면 시인이 세상이 오염되고 더럽혀졌다고 예언할 수 있는 능력을 지녔다는 것을 입증하기도 한다. 비록 그것이 철학적인 논리에 근거하지 않았다

하더라도 말이다. 그래서 시인들은 권력자들의 부정한 행위를 질타하고 사회의 구원을 위해서 정화의 필요성을 예언적 시를 통해서 제기하였다. 질타의 대상은 사회적 부정의, 도덕적 해이, 시민들의 영적 혼돈 등 내적 또는 외적 혼돈과 오염이 망라될 수 있다. 오행순은 시인으로서 오염된 사회에 대한 정화의 필요성을 시로서 제기하고자 한다. 그녀는 「모처럼 푸르른 서울 하늘」에서 "모처럼 푸르른 하늘 아래/ 내부 수리를 하자/ 마음의 어둠을 다 씻어내고/ 서로에의 미움을 긁어내고/ 오감을 녹슬게 한/ 불감의 먼지를 털어내자"고 주장한다. 그녀는 시인의 예민한 감수성이야말로 자본과 권력에 의해서 덕지덕지 달라붙은 세속의 때를 벗겨낼 수 있는 귀중한 재능이며, 이를 통해 사회의 정화를 자임하는 것이 시인의 올바른 역할이라고 본다.

오행순이 시인으로서 자신의 정체성을 발견하는 것은 결코 자신에 대한 미화나 자화자찬이 아니다. 어쩌면 시인은 자신의 치부나 약점을 여실히 들여다보고 그 실체와 맞설 수 있는 정직성과 솔직함을 지녀야 한다. 자신의 시가 세상에 대해 의미가 되지 못하고 소음일 뿐이라는 자괴감이나 밤새워 쓴 글이 무의미한 언어의 파편이라고 느낄 때의 절망감을 경험하지 못하면 시인이라고 할 수 없다. 왜냐면 그는 자신의 약점을 눈감아 주는 얼치기에 불과하기 때문이다. 수많은 불면의 밤에 쓴 시들이 말장난에 불과하다는 자성의 기회를 가지지 못했다면 그 또한 진정한 시인이라고 말하기 어렵다. 그만큼 시인은 자기에 대해서 냉혹하게 검열하고 부족한 시를 부수는 작업을 하지 않으면 완성의 길에 들어설 수 없다. 그녀는 철저한 자기부정을 통해서 진정한 시인의 정체성을 발견할 수 있었음을 고백하고 있다.

> 소음의 일부인 불행한 언어의 절규를 들었을 때 나를 만
> 난다
> 밤새 불면처럼 목매단 글이 아침에 흔적 없이 부서진 절
> 망에서 나를 만난다
> 내가 나를 만날 때 내가 누구인지 모른다
> 내가 나를 그리워할 때마다 뒷짐 지고 서 있던
> 그림자가 뭔지 모른다
> (중략)
> 내가 비로소 나를 만날 수 있는 건
> 어둠에 도망가는 바퀴벌레의 뒷덜미에서
> 닮은 나를 만난다
> 내가 나를 만날 때는
>
> (「내가 나를 만날 때는」 부분)

사실 시인이 제일 혐오하는 존재인 바퀴벌레와 동일시하는 것은 쉬운 일이 아니다. 배우가 진정한 배우가 되는 것은 인물 속에서 발견하는 극악한 마음을 자기 것으로 인정할 때 가능하다. 시인 또한 자신은 고고한 척하면서 남들에게 쓴 소리나 하려고 하는 위선적 자세를 견지해서는 좋은 시를 쓸 수가 없는 것이다.

시의 가장 중요한 역할은 더럽혀진 사회와 인간을 정화시킬 뿐만 아니라 다친 마음들을 치유하는 것이다. 그의 시가 치유의 기능을 가지기 위해서는 약자에 대한 연민과 사랑을 지니고 있어야 한다. 사랑과 연민의 소유자인 시인

은 상처받은 영혼을 어루만지고 마음의 상처가 아물어지게 할 수 있다. 사실 시는 인위적이고 작위적으로 미사여구를 늘어놓는다 하더라도 치유적 효과를 내지 못한다. 오히려 세속의 냄새가 나지 않는 시어가 더 효능을 발휘한다. 오행순은 자신의 시가 치유의 시가 되기를 소망하면서 "가슴 깊숙이 흉터로 남은/ 치유의 글을 쓰고 싶네/ 詩를 쓰고 싶네/ 아기의 배냇짓 같은/ 글을 쓰고 싶네/ 숨 쉬고 있는 한/ 글 쓰는 일을 사랑하고 싶네"(「억지로 쓰는 詩」부분)라고 노래한다. 이러한 시인의 자세는 시를 위한 시, 미를 위한 미 등의 문학과 예술의 인위성에 대한 식상함에서 나온다고 볼 수 있다. 소포클레스가 「오이디푸스 왕」을 쓴 것은 테베에 만연한 역병과 재난으로 인한 고통에서 구하고자 하는 정화와 치유의 의지가 담겨있는 것이다.

시인의 정신은 항상 새로움을 추구해야 한다. 그것은 진부한 일상에서 탈출해서 독창성을 추구해야 하는 시인의 속성이기도 하다. 그래서 시인은 새로운 시를 쓸 때마다 기존의 것을 모두 잊어버리고 새로운 시상과 시어를 찾기 위해 고심해야 한다. 하지만 시인을 둘러싸고 있는 환경은 새로움이 아니라 천편일률적으로 반복되는 일상일 뿐이다. 그래서 그 일상은 시인의 시공간을 독차지 한 채 시인이 새로운 시어나 시상을 포착하는 것을 방해한다. 시인에게 새로움이 부재한 일상은 일종의 정신적 또는 정서적 감옥으로 다가온다. 오행순은 이처럼 재미없는 일상 속에서 시심의 샘이 고갈되어가는 것을 발견하고 시적 산소의 부재에서 오는 고통으로 몸부림을 치지 않을 수 없다. 이 고통은 육체적으로 발현되기보다는 심리적으로 발현된다. 시인은 새로움이 없는 세계에 대해서 일종의 지겨움을 느낀다. 그녀는 의미가 부재한 일상의 무료함에 대해 슬그머니 반란을 획책하며 "재미없는 심심한 반란은/ 제자리걸음/ 오늘은 어제/ 내일은 오늘 같은/ 목메는 절망/ 수렁 같은 休眠期"(「권태」 부분)라고 일상에 대한 봉기의 명분을 밝힌다. 시인의 순례 목표지는 바로 일상에서 탈출한 새로움이 가득한 시인의 마을인 것이다.

오행순이 시심과 시어를 찾아 순례의 길을 떠난 것은 어제 오늘의 일이 아니다. 그녀는 시인의 마을에 들어가기 위해 젊은 시절부터 글쓰기를 즐겼다. 세속도시에서 방황하는 시간 속에서도 젊은 날의 초상을 그렸던 글들을 속물성에 대한 방부제로 삼아왔다. 세속도시의 오염물들이 틈타지 않도록 지난날의 글들을 자신의 지근에 두고 정서적 젊음을 유지할 수 있는 정서적 에너지 또는 약제로 간직해왔다. 하지만 시인은 언제나 새로움을 추구함으로써 정신적 역동성을 얻는다. 시어를 찾아가는 순례의 길에서 그녀가 발견한 시적 의미는 새로움을 위해 자신의 과거마저 버려야 한다는 진리이다. 자신의 거추장스러운 껍데기를 버리지 못하는 자가 어찌 사회공동체의 구태에 대해서 비판할 수 있겠는가. 오행순은 아무리 자신의 것이라 할지라도 시가 되지 못한 것은 과감하게 버리기로 결심한다. 시인은 과거나 일상에 묶여서는 시인의 마을에 들어갈 수 없다는 것을 깨달은 것이다. 그녀는 이제 상큼하게 "지금까지 글다운 글이 못 된 건/ 삼십 년 전 헤어질 그때/ 글이 될 수 없었는데/ (중략)/ 딱 그 시간에 머물러 그대로인/ 부질없는 기다림임을 알았다/ 오랫동안 서랍 어둠 속에/ 방치된 미완의 글들에게/ 애틋했던 첫사랑에게/ 안녕!"(「정리를 하며」 부분)이라고 말할 수 있다. 올바른 시란 단순히 순수무구하다고 해서 필요충분조건이 될 수 없으며 그것이 성숙으로 발돋움하지 못한다면 자격미달의 글이 될 수밖에 없다. 시인은 성숙한 새로움을 위해서 미숙한 일상과 과거와의 결별을 선언할 수 있는 것이다.

3. 진솔한 사랑과 우정을 통한 행복 추구

오행순이 이 시집에서 추구하는 가장 중요한 주제는 물질주의적 세속도시에서 오염되어 가는 사랑과 우정에 대한 회한이요, 고향에 대한 노스탤지어이다. 우리는 흔히 세속적 욕망에 집착한 나머지 순수하게 지켜온 사랑과 우정을 소홀히 하거나 오염되도록 방치하기 일쑤이다. 하지만 나이가 들어가면서 잊어버렸던 어린 시절의 순진무구한 동심이나 동무들과의 우정 또는 사춘기의 첫사랑이 그리워지게 마련이다. 왜냐면 시심의 샘은 이기심의 발로이거나 속물적 욕망에는 존재하지 않으며, 시인이 순례의 길을 떠나면 온갖 고통을 겪으면서 가고자 하는 시인의 마을에서 솟아오르기 때문이다. 그 샘은 치유의 물줄기로서 지친 영혼에게 낙원의 비전을 회복시킴으로써 욕망의 때로 찌든 현대인들을 구원할 수 있다. 일상은 시인으로 하여금 그 진부함과 권태로 자꾸만 병들게 하여 자꾸만 그리운 시절과 사람들을 몹시 갈구하게 한다. 그녀는 그 아픔에 못 이겨 "또다시/ 허허로운 일상/ 그 곁에 신열로/ 몸 겨눕는 섬/ 예민해진 그리운 얼굴"(「섬 2」 부분)이라고 토로한다. 시인의 뇌리에 스쳐가는 어린 시절의 이미지들이 마치 파노라마처럼 스쳐 지나간다. 거리에서 휘황찬란한 네온사인들의 파장에 따라 이 마네킹 같은 팔등신의 로봇 인간들이 춤추고 있지만 영적으로 황폐해져 가는 영혼들은 사막의 갈증으로 휘청거린다. 이제 인간들이 세상에서 그림자로 존재하는 황폐함을 시인은 견딜 수 없다. 이것을 치유할 수 있는 것은 속물적 욕망이 존재하지 않았던 동심의 시절이다. 시인은 순례의 길에 돌고 돌아 유년의 시절이 건강하게 간직되어 있는 고향의 이미지로 점철된 시인의 마을로 들어서서 신기루처럼 비쳐진 동심의 이미지들을 만끽하고자 한다.

> 운동장에서 고무줄 끊고 땅따먹기하고
> 수업 시간에 선생님 눈길을 피해
> 짝꿍과 장난치며 깔깔거리던
> 고향의 좁다란 골목길을 힘차게 달리던
> 탱자나무 개구멍으로 내다빼던
> 옛날의 우리를 보고 싶다
>
> 「「숨고르기는 이제 그만!」 부분)

시인은 세속도시의 풍요로운 삶을 살아가면서 산해진미를 맛본다 하더라도 그것으로 채울 수 없는 그리운 맛이 있음을 안다. 그것은 고향의 맛이요, 어머니의 살내음처럼 질리지 않는 그 시절의 미각이다. 무의식 속에서 그 잊을 수 없는 맛을 찾아 헤매지만 인위적인 자극적 맛에 중독이 되어버린 시인의 혀는 길을 잃어버렸음을 깨닫는다. 대단한 조미료를 곁들이지 않았던 고향의 꿀빵이 바로 동심의 상징이다. 조야한 먹거리지만 동무들과 함께 즐기턴 꿀빵은 지금은 결코 존재하지 않는다. 물론 시인이 기억을 더듬어 만들어 자식들에게 먹여 보고 싶지만 화려한 미각을 즐기는 그들이 좋아할 리 없다. 그는 그 시절의 꿀빵에 대해서 "오래 걸려 맛본 꿀빵/ 이 맛도 저 맛도 아니다/ 입맛에 있어 추억은 분별없다/ 맛은 그대로인데 입맛은 변했다/ 건망증 걸린 내 형편없는 미각"(「꿀빵」부분)이라고 자탄한다. 시인은 세속도시에 의해서 퇴출되어버린 고향의 미각적 이미지를 구현시키고자 적극적으로 찾아 나선다. 그녀는 드디어 잃어버린 낙원인 고향을 되찾아줄 감각을 회복시켜줄 구체적 대안을 찾는다. 다행히 고향의 이미지는 고향 그 자체보다 고향이 담고 있던 감각의 체험을 기억하는 것이 더 현실적이다. 그리고 그 고향의 미각적 이미지는 그녀의 몸을 낳고 키워준 어머니에 의해서 혀 언저리 어딘가에 깊게 새겨져 있는 것이다. 시인은 어머니가 만들어주셨던 멸치 쌈밥을 다시 맛보고자 한다.

멸치가 고소하고 달다
고향 바다에서 잡혀 더 달다
엄마의 손맛이 그리운
건강한 추억의 먹거리

(「멸치 쌈밥」부분)

시인의 마을로 가는 오행순의 순례 길은 새로운 욕망을 충족시키기 위한 것이 아니다. 오히려 자본주의와 물질주의의 현혹에 의해서 잃어버리고 묻혀버린 순수성이나 진솔한 의미를 다시 치유하고 회복하는 것이 바람직하다고 본다. 우리는 오랜 역사의 흔적이 남아있는 것들을 세속도시를 건설하기 위해서 파헤치거나 파괴하는 일을 서슴지 않았다. 물질이란 물질 자체로만으로는 의미가 없으며 그 안에 담겨있는 개체적 또는 공동체적 자취들에 의해서 비로소 역사적 의미를 지닌다. 하지만 물질문명은 단지 효율성이나 이기성만을 위해서 그것이 담고 있는 휴머니티와 역사성을 평가절하 하는 행위를 자행해왔다. 시인은 역사의 뒤안길 속으로 사라져가는 것들에 대한 연민과 그리움을 토로하며 "한쪽에 빌딩이 올라가더라도 도심의 뒷골목은/ 남겨두는 건 사람과 사람을 이어주는/ 보물 같은 끈이지 않을까요?/ 하루가 다르게 사라져가는 풍경을 보존하며/ 추억 되새길 수 있는 방법은 과연 없을까요?"(「추억은 사라지고 도시는 변해갑니다」 부분)라고 호소한다. 현대인들은 물질문명이 자신들을 구원해줄 거라고 믿었지만 그 거대한 힘으로 오히려 그들을 위협하는 아이러닉한 상황을 경험하고 있다. 세속도시에 마천루처럼 하늘 높이 솟아있는 대형빌딩들은 문명적 힘의 상징처럼 위용을 자랑한다. 하지만 현대인들은 물질문명의 주인이 아닌 부속품이나 노예가 되어 인간다움을 상실하고 있다. 현대인들은 세계 양차대전을 거치면서 물질문명이 그들을 구원하기는커녕 심장을 향해 총을 겨누고 있음을 알고 경악해한다. 거대하고 화려한 것들을 추구하던 현대인들은 스스로 무덤을 파는 어리석음을 범했음을 고백하지 않을 수 없다. 오행순은 이러한 것들에 대한 반성을 하고자 한다. 이제 행복은 휘황찬란한 세속도시를 건설하는 데 있는 것이 아니라 인간을 감싸고 있는 작은 것들에 대한 감사로부터 시작될 수 있음을 예감한다. 시인은 그녀의 영적 깨달음을 "두 다리로 걸을 수 있어서/ 두 눈으로 볼 수 있어서/ 두 귀로 들을 수 있어서/ 두 코로 숨 쉴 수 있어서/ 행복은 별개 아닌데/ 작고 소소한 것에 감사하는 것부터/ 행복의 출발이다"(「감사하다」 부분)라고 말함으로써 독자들에게 순례의 길에서 체득한 진리를 전하고자 하는 것이다.

4. 자연과 인간의 변증법 관계의 완성

오행순의 시에서 가장 중요한 오브제는 자연이다. 인간의 삶의 시작과 끝이 자연이고 생명의 모태가 자연이니 어쩌면 당연한 결과라고 볼 수 있다. 또한 자연은 시인에게 깨우침을 주는 학교로서 그를 통해서 철학적 깊이를 획득하기도 한다. 여기서 우리가 주목해야 할 점은 자연은 오행순 시론의 핵심이라는 것이다. 그녀는 자연현상에 자신의 감정을 투여하고 이것을 시를 통해 승화시키는 과정을 거친 후 철학적 또는 도덕적 의미로 환원시키는 시적 방법을 구사하고 있다. 이런 시론은 프로스트와 유사하다고 할 수 있으며 자연과 인간의 변증법적 관계를 보여준다고 볼 수 있다. 시인과 자연의 긴밀한 관계를 보여주는 실례를 들어보자. 그녀는 양재천을 즐겨 산책을 하며 그것의 다양한 모습을 많은 시편으로 만들고 있다. 산책길에 만난 메꽃은 시인에게 진한 슬픔의 감정을 준다. 그녀의 눈에 비친 꽃의 아름다움과 푸르름은 기쁨이기도 하겠지만 동시에 슬픔을 던져준다. 매우 역설적인 철학적 깨우침이라고 할 수 있다. 왜냐하면 메꽃은 현재 미적 극치를 보여주지만 조만간 지고 말아야 할 필멸성을 내포하고 있기 때문이다. 그래서 오행순은 양재천의 풍경에 자신의 감정을 투여하며 "세수한 듯 해맑은 메꽃이/ 시간 속으로 몸을 던지고/ 녹음 뒤덮은 길을 걷는데/ 슬픔이 안겨 명치끝이 아프다/ 햇살은 4월 슬픈 그 날에도/ 어제도 오늘도 골고루 발등에 꽂히는데/ 나사 풀린 슬픔을 뒤로하고 걷는데/ 왜 녹음은 자꾸 짙어지는지"(「양재천의 아침도 슬픔에 타고 있다」 부분)라고 노래하게 되는 것이다.

사실 오행순은 매우 감수성이 뛰어난 시인이다. 그녀는 자신의 민감한 오감을 통해서 자연의 변화에 대해 다양한 반응을 보여준다. 우선 시인의 눈에 다가오는 자연의 변화는 역시 계절이다. 자연은 계절마다 새로운 옷으로 변신을 하면서 마치 사랑하는 연인처럼 시인의 마음을 설레게 하기도 한다. 자연은 시인으로 하여금 절망에 빠진 시인에게 희망과 사랑의 메시지를 주는 연인이 되기도 한다. 그녀는 봄날의 한복판에서 자연과 사랑에 빠질 수 있다. 자연의 순수함은 속인들의 타산적 사랑에 비해서 절대적 순수를 담보함으로써 시인이 황홀함에 떨리게 한다. 시인은 자연에 대한 절대적 사랑을 고백하면서 "볼수록 빠져들고/ 숨 가쁘게/ 눈 안으로 뛰어드는 봄// 스무 살의 첫사랑 때보다/ 더 떨린다/ 뜨겁다/ 부풀어지는 마음/ 끝없다/ 어딘지 알고 싶다"(「싱숭생숭」 부분)라고 고백한다. 자연의 변신을 보여주는 계절에 대한 시인의 사랑이 어찌 봄뿐이겠는가. 그녀는 가을과도 쉽게 사랑에 빠진다. 또한 그 사랑은 매우 격렬해지기도 하며 그녀로 하여금 "종일 뒹굴다가 햇살 꼬리 내릴 때/ 양재천 걸으며 여름 갈무리하고/ 가을을 힘껏 안아봐야겠습니다"(「가을이 이제 막」 부분)라고 노래하게 한다. 그녀가 가을을 사랑하는 이유는 가을의 전령들과 인간이 함께 조화를 이루고 한 몸을 이루는 모습을 발견하기 때문이다. 그녀는 가을의 미적 화신인 단풍을 노래하면서 단풍과 하나가 되는 남편의 모습을 본다. 가을의 아름다운 풍경의 한 조역의 역할을 하는 인간이 자연에 의해서 미적 구원을 경험하게 되는 순간이 되며, 그 순간의 주인공은 조역으로 변한 남편보다 그 관찰의 주체인 시인이다. 하지만 이러한 각성은 시인에게 진지한 종교성보다 유희성을 전해주며 "가을의 흔적/ 가을빛의 장난/ 얼마나 아름다운가?"라고 토로하게 하고 드디어 문학적 체험을 하게 한다. 오행순이 떠난 시인의 마을로 가는 순례 길에서 체득해야 하는 중요한 깨달음이다. 시인은 그 순간, 시가 인위적으로 조작되는 것이 아니라 자연과 함께 동일화를 이루는 순간 저절로 다가오는 것을 발견한다. 그녀는 가을과 한 몸을 이룬 인간에 대한 발견을 통해서 "가을이 밟힌다/ 사그락사그락/ 붉디붉은 시어가 떨어진다"(「가을 동행」 부분)라고 노래할 수 있는 것이다.

시인은 자연이 그저 인간에게 아름다움을 발견하게 하는 탐미적 오브제가 아니라는 것을 깨닫는다. 사실 오행순이 감상주의적 서정주의자들처럼 자연을 탐미적 대상으로만 인식한다면 주체적 시인으로서 시인의 마을에 들어서기 어렵다. 시인은 자연을 일방적으로 숭배하고 그 위대함에 종속되는 존재로 머물러서는 안 된다. 시인은 자연현상에 대한 날카로운 관찰을 통해서 창조주의 섭리를 깨달아야 한다. 이러한 관계는 시인과 자연의 변증법적 관계가 설정되도록 하게 한다. 자연에 대한 통찰은 시인으로 하여금 자연에 대한 종속의 관계를 청산하고 독자들에게 철학적 깊이를 전해주는 의미의 메신저요, 의미의 생산자로 스스로 승화되는 것을 가능하게 한다. 즉, 시인은 자연에 대한 단순한 예찬자가 아니라 자연을 통해서 인생의 의미를 재단하는 인식의 주체가 되어야 하는 것이다.

> 겨우내 바람과 추위에 물기란 물기 다 빼고
> 바람 소리에 서걱거리는 갈대도
> 봄을 키우는 물밑 작업이 한참 진행 중이다
> 특별히 보고 싶고 알고 싶은 것도
> 뭣 하나 궁금한 것이 없다는 건
> 어쩜 누구보다 절실히 그립다는 반증이다
>
> (「기대 속의 봄」 부분)

시인과 자연의 변증법적 관계 설정은 오행순의 시론을 이해하기 위한 주요한 모티브이다. 자연의 아름다움이나 위대함은 시인으로 하여금 숭배자나 예찬자로 만들지만 자연에 대한 객관적인 관찰자가 되는 순간 오히려 자연이 침묵하는 깨달음을 통한 의미의 메신저와 각성자가 되는 것이다. 사실 시인의 마을에 들어선 시인이 자연을 그저 즐기는 탐미적 존재로만 만족한다면 매우 이기적인 존재일 뿐이다. 하지만 오행순은 자연과의 관계에서 이기적 탐미주의자에서 각성에 의한 철학적 의미의 생산자가 되고자 한다. 이를 위해서는 전 단계의 주체인 인간적 욕망을 내려놓는 용기가 필요하다. 즉, 온전한 시인이 되기 위해서는 인간을 노예화하는 개체적 욕망을 내려놓아야하는 것이다. 그녀는 이제 자연을 사랑한 나머지 매몰되는 주관적 입장에서 당당히 한 단계 더 올라가는 버림의 용기를 발휘한다.

> 남들 그냥 지나쳐버리는
> 액자 속 그림 같은
> 풍경 하나 걸어두고
> 들키고 싶지 않는
> 욕심 하나
> 내려놓았다
> 길 잃고 헤매던
> 눈을 떴다
> 오늘 나는

(「오늘 나는」 부분)

오행순이 오랜 시간에 걸쳐 시인의 마을로 향하는 순례의 길에서 획득해야 하는 또 하나의 의미는 종교성이다. 자연과의 마지막 단계라고 볼 수 있는 시의 종교적 의미 창출은 시를 통한 독자들의 육체적 또는 영적 치유인 것이다. 이 단계에서 시인은 의미 생산자에서 자신과 독자에 대한 치유자로 변신한다. 그녀는 자연을 인간적 삶의 부정과 오염에 대한 치유제로서, 시를 활용할 수 있다. 시인은 아침 산책을 하며 자연을 관조하면서 자신과 자연이 주체와 객체를 넘나들면서 교류하도록 만든다. 양자 간의 긴밀한 관계는 산책하는 주체가 자연인지 시인인지 불명확하게 만든다. 우선 그녀는 인간 삶의 치유를 위해서 자연을 자신의 영적 세계로 끌어들여 "자연이 들려주는 흔적과 고운 결들이/ 삶을 치유해주는 것에 고개 숙인다/ 처음처럼/ 느리게/ 느리게/ 빛이 주인인 곳으로 스며들었다"(「아침 산책」 부분)라고 치유를 위한 제의를 주관할 수 있는 것이다.

오행순은 시인의 마을에 진입하면서 시적 진리를 시에 대해 명확히 이해함으로써 획득한다. 즉, 시란 자연에 대한 인간 감정의 일방적 투여가 아니라는 깨달음이다. 어쩌면 시란 자연의 섭리나 신의 뜻을 자연에서 찾아서 그대로 보여주는 것이 아닌가 하고 생각한다. 시가 시인 개인의 욕망의 찌꺼기나 넘친 흔적을 미화시키는 것이 아니라 그것들을 시인의 날카로운 메스로 잘라내고 본질만을 제시해주는 것이라고 할 수 있다. 다시 말하면 인간의 이기적 욕망을 앞세워 자연을 재단하는 어리석음을 배제하고 신의 섭리가 드러나는 자연을 그대로 독자에게 전하고자 하는 것이다. 이 순간 시인은 자연 그 자체가 시가 되는 초월적 경지를 접할 수 있다.

잃어버린 시간을 찾듯
붉게 물드는 하늘과 건물 벽
노을이 한 편의 시를 그리고 있다
노을이 시가 되고
삶 또한 시가 되고 싶어
안달 나는 저녁이다

(「저녁노을을 보며」 부분)

오행순이 진입한 시인의 마을은 자연과 시인이 하나인 공동체이다. 시인은 이제 자연과의 일체화를 통해 시작을 하고자 한다. 시인의 마을에서는 자연이 부재한 환경을 생각할 수 없다. 사랑하는 사람을 그리워하는 순간에도 그것을 느끼기 위해서는 자연이 함께 해야 한다. 즉 자연이 시인과 하나가 되어 육화된 오브제가 됨으로써 그녀의 시 쓰기가 가능해지는 것이다. 오행순은 이러한 상황을 "부쩍 푹석해진 그리움/ 비라도 내려 적셔준다면/ 비에 젖어야 그대 얼굴 뚜렷해지고/ 비에 젖어야 느낄 수 있는데/ 비에 젖어야 글 쓰는 시늉을 할 텐데/ 거짓말처럼 구름 한 점 없고/ 햇살은 따갑다"(「비가 그립다」 부분)라고 고백할 수 있는 것이다. 이 시집이 시인에게는 첫 번째 시집이지만 나름대로의 시론적 틀을 갖출 수 있는 것은 시 쓰기를 오랫동안 준비해오면서 시어를 얻기 위한 진지한 훈련이 있었기 때문에 가능하다고 본다. 앞으로 더욱 정진함으로써 진일보한 모습을 보여주리라고 기대한다.

오행순

경남 남해 출생
경상대학교 간호학과 / 방송대학교 국문학과 졸업
84년 신사임당 백일장 시 부문 동상
86년 동인시집 '저녁과 새벽 사이'
2009년 11월 윌더니스 문학에서 시 부문 등단

E-mail: uni1615@naver.com / Cell: 010-9272-8029

내가 나를 만날 때면

초판 발행일 2016년 10월 8일

지은이 오행순
발행인 이성모
발행처 도서출판 동인
주 소 서울시 종로구 혜화로3길 5 118호
등 록 제1-1599호
TEL   (02) 765-7145 / FAX (02) 765-7165
E-mail dongin60@chol.com
ISBN   978-89-5506-731-6
정 가 13,000원

※ 잘못 만들어진 책은 바꿔 드립니다.